張小嫻

AMY CHEUNG

愛情王國

The Divination of Fortune Cookies

三月裡的幸福餅

張小嫻

目錄

別離是為了重聚

以前的人，為了一段愛情不離別，付上很多代價。

現在的人，卻可以為這些而放棄一段感情。離別，只為了追尋更好的東西。

一九八三年九月裡的一天，大雨滂沱，還在唸預科的我，下課後正趕著去替學生補習。

「周蜻蜓——」我的同學方良湄走上來叫我。

「哥哥問妳有沒有興趣到電視臺擔任天氣播報女郎，一星期只需要去三次，比補習輕鬆得多了。」良湄問我。

她哥哥方維志是電視臺新聞部的監製，我們見過好幾次。

「為什麼妳不去？」我問她。

「他沒有問我呀！怎麼樣，妳有興趣嗎？」

「不，我怕。」

「為什麼不考慮一下？可以對全香港的觀眾播報天氣呢。」

「像這種惱人的天氣，我才不想播報。若說明天的明天還是會下雨，多麼令人氣餒。」

「誰又可以控制明天的雨？」

「但我可以忘記它。」我說，「我趕著去補習。」

「明天見。」她說。

我跟良湄在雨中道別。聽說，雨是女人的眼淚。在法國西北部的迪南城，如果結婚那天下雨，新娘就會幸福，因為她本該掉的淚，都在那日由天上落了下來。然而，在法國西部，普瓦圖地區的人卻相信，如果結婚那天下雨，新娘將來會比新郎先死，如果太陽當空，丈夫就會比妻子早一步進入墳墓。真是這樣的話，我寧願結婚那天下雨。比愛自己的人先死，是最幸福的，雖然這種幸福很自私。

回家的路上，雨依然下個不停，一間電器店外面擠滿了觀看電視新聞直播的路人。

「因香港前途不明朗，引致港元大跌，一美元要兌九點八港元，財政司宣布即時固定美元兌港元匯率為一比七點八。」一個名叫徐文治的新聞播報員報導。

我怔怔地望著螢幕上的他，從沒有想過有一天我們會相遇、相愛而又相分，一切彷彿是明天的雨，從來不由我們控制。

一九八六年一月，我在唸時裝設計系，是最後一年了，良湄唸法律系。

一天，方維志再提起找我兼職播報天氣的事。

「出鏡費每次一百五十元，每次出鏡，連準備工夫在內，只需十五分鐘，酬勞算是不錯的了。」他說。

「對呀，妳還可以穿自己設計的衣服出鏡。」

那時候，拿助學金和政府貸款唸書的我，著實需要一點錢，良湄和方維志是想幫我的，所以我答應了。反正，沒人能夠控制明天的雨，我不去，也有別人去。更重要的，是我想認識文治。

「哥哥，你們那個播報新聞的徐文治很受歡迎呢，我們很多女同學都喜歡他。」良湄跟她哥哥說。

「這個人很不錯，他是新聞系的高材生。」方維志說。

那一刻，文治對我來說，仍然是一個遙不可及的人。

氣象報告緊接著新聞播報之後播出，是在同一個直播室直播的。

我第一天上班，正好是由文治播報新聞。從一九八三年在電視螢幕上匆匆一瞥，到一九八六年一月的這一天，經過兩年，我終於見到真實的文治。

在那搭了布景的狹小的直播室裡，我們終於相遇，是現實而不是布景。新聞播報結束之後，文治站起來，跟我點了一下頭。方維志剛好進來直播室，他拉著文治，介紹我們認識。

「周蜻蜓是我妹妹的同學，她是唸時裝設計的。」

「蜻蜓？」他對我的名字很好奇。

「是的，會飛的那一種。」我說。

「要去準備啦。」方維志提醒我。

第一次面對攝影機的我，徹底地出醜。我把稿子上那句「一個雨帶覆蓋華南沿岸，預料未來數天將會有驟雨和密雲」，說成了「一個乳暈覆蓋華南沿岸」，我立刻發現直播室和控制室裡每個男人都在笑。攝影師更笑得雙手都差點拿不穩攝影機。

節目結束之後，方維志上來安慰我。

「第一次有這樣的表現已經很不錯了。」

我看得出他的表情有多勉強。

我拿起皮包和雨傘，裝著若無其事地離開直播室。我真害怕明天走在街上有人認出我。

電視臺外面，正下著大雨，我站在人行道上等車，文治剛好也下班，他的機車就停在路旁。

「我第一次出鏡播報新聞的時候，也不見得比妳好。」他微笑說。

他一定看到了我出醜，真是難堪。

「這幾天的天氣都不太好。」他說。

「是的，一直在下雨。」

「我第一次出鏡的時候，雙腳不停地顫抖。」

「我剛才也是。」

「後來我想到一個方法。」

「什麼方法？」

「我用一隻腳踏著另一隻腳。這樣做的話，起碼有一隻腳不會發抖。」他笑說。這個時候，一輛小巴士駛來。

「我上車了。」我跟他說。

「再見。」他說。

「謝謝。」

小巴士開走，我把文治留在風雨中。在小巴士後座回望在雨中的他，我突然有一種很溫暖的感覺。我們彷彿在哪裡見過，在更早之前，也許是一九八三年之前，我們是見過的。

兩天之後，當我再次來到直播室，每個人都好像已經怕了我。

剛播報完新聞的文治跟我說：

「別忘了用一隻腳踏著另一隻腳。」

我坐在圓凳上，用右腳踏著左腳，整個人好像安定了下來。

我把攝影機當作是文治，告訴他，這天氣溫介乎最低的十二點四度和最高的十五點七度之間，相對溼度百分之五十五至六十，未來數日仍然有雨。文治，明天還是會下雨。

「妳做得很好。」方維志稱讚我。

我很想謝謝文治，他們說，他出去採訪了。

文治這天出去採訪，晚間新聞裡，應該可以看到他的採訪報導。我洗了一個澡，正想看新聞，扭開電視機，畫面一片朦朧，管理員說，大廈的公共天線壞了，明天才有人來修理。我想起附近有一間涼茶店開得很晚，店裡有電視，於是匆匆換了一件衣服，冒雨到涼茶店看電視。雖然兩天之後就可以在電視臺看到他，不知為什麼，這一晚我很想見他。

在電視螢幕上，文治正在報導一宗情殺案。男人用山埃*毒死向他提出分手的太太。他親自做了一個蛋糕給她，她不肯吃。他說：「妳吃了之後就可以走，我不會再纏著妳。」她吃了，死在他懷裡。他把她的屍體放在平臺上淋雨，相信這樣可以把她潔淨，潔淨她不愛他的心。

他們結婚當天，是下雨吧？所以新娘先死。

從涼茶店出來，我發現文治的機車就停在路邊。車身還是燙手的，他應該是剛剛走開。我站在機車旁邊，好想等他回來。我想，我可以裝著剛好經過這裡，而且順道向他打聽一下那宗情殺案。

十五分鐘過去了，仍然看不見他。

三十分鐘過去了，他依然沒有回來。

一個開私家車的男人在停車，車向後退的時候，差點把文治的機車撞倒。

「你小心一點。」我立刻提醒他。

我突然覺得我像一頭狗，正替主人看守著他的東西，但是主人並沒有吩咐我這樣做。

四十五分鐘過去了，文治還沒有回來。他會不會就住在附近，今天晚上不會

＊山埃，毒藥的一種，古名「鶴頂紅」。

回來？

街上的行人愈來愈少，店鋪都關門。我為什麼要等他回來？也許我太寂寞了，我不想就這樣回去那個沒人跟我說話的地方。

車身早已經不燙手了，文治還沒有回來。如果他回來時看到我在等他，他一定覺得奇怪，於是，我決定在附近徘徊，如果他回來，我就像先前想好的那樣，裝著剛好遇到他。

我走進便利商店裡買了一包果汁糖，出來的時候，剛好看到文治騎上那輛機車絕塵而去。

我等了四十五分鐘，才不過走開五分鐘，結果只能夠看到他的背影。

我花了那麼多時間看守著那輛機車，它竟然無情地撇下我。

我一個人，孤單地回去，雨落在我的肩膀上，明天，我要縫一件雨衣，那麼下次為文治看守機車時，便不會給雨淋溼。

這以後我經常在直播室裡碰到文治，我從來沒告訴他，我曾經站在他的機車旁邊等他回來。

這種事，太笨了。

在陽光普照的一天，我用縫紉機縫了一件雨衣，像一條裙子的雨衣，腰間可以縛一隻蝴蝶結，連著一頂帽子。雨衣是檸檬黃色的，在煙雨迷霧的環境下，黃色是最顯眼的顏色。我希望下一次，文治會看到在他的機車附近徘徊的我。

也許，那件檸檬黃色的雨衣真的奏效，那天放學的時候，忽然下雨，我拿出背包裡那件黃色的雨衣穿上，在巴士站等車。文治騎著機車經過，看到了我。

「妳要去哪裡？」他問我。

「去灣仔。」

「我送妳一程好嗎？我也是過海。這裡雨很大。」

我求之不得，立刻跳上他的車。

「你是怎麼看到我的？」我問他。

「妳的雨衣很搶眼，像個大檸檬。」

「我自己做的。」我說。我沒告訴他為什麼我要做這件雨衣。

「很漂亮。」他說。

「謝謝。」

「妳住在灣仔嗎？」

「嗯。你呢？」

「我也是，而且從出生那天到現在都沒離開過。」

「你住在哪一條街？」

「謝斐道。」

「我以前也住在謝斐道，說不定我們小時候見過。」

「妳現在住哪裡？」

「駱克道。」

「跟家人一起搬過去的嗎？」

「不，爸爸媽媽過世了，我自己只能搬到一個小單位。」

「哦。這幾天都在下雨，這種雨不知道要下到什麼時候。」

「你為什麼會騎機車？很危險的呀，尤其下雨的時候，地溼路滑。」我說。

「是唸大學的時候學的，那時想，如果將來到報社工作，會騎機車比較好，有些報社要求突發新聞組的記者要有機車的駕駛執照。」

「我在一九八三年就見過你。」

「在哪裡？」

「在電視上，那天你報導財政司宣布一美元固定兌七點八港元。」

「那是我頭一天負責新聞播報，那宗新聞也是我採訪的。聯繫匯率是不合理的，相信很快就會取消。」

文治和我也許都想不到，不合理的聯繫匯率一直維持下去，竟然比我們的愛情更長久。如果愛情也像港元與美元，永遠掛鉤，永遠是一比七點八，是否更好一些？

那天，跟良湄吃飯，我向她打聽：

「徐文治有沒有女朋友？」

「好像沒聽說過。」

「我喜歡了一個男孩子。」良湄接著說。

「誰？」我心裡很害怕那個人是文治。

「是唸化學系的，叫熊弼。」

我鬆了一口氣。

「他的樣子很有趣，個子高高，長得很瘦，有一雙很厲害的近視眼，傻乎乎的，滿有趣。」

「妳喜歡這種男孩子嗎？」我奇怪。

「這種男孩子會對女孩子死心塌地的。而且他在實驗室做實驗時那份專注的神情很有魅力呢。」

「妳想追求他？」

「他這種人不會追求女孩子的，他沒膽量。」

「我真佩服妳的勇氣，萬一被拒絕不是很尷尬嗎？」

「如果他拒絕，就是他的損失，這樣想的話，就沒有問題了。」

是的，良湄在所有事情上都比我勇敢，一個人，只要不害怕失去，譬如不害怕失去尊嚴，那就什麼事都做得出來。

「哥哥的女朋友在南丫島租了一間房子，地方很大的，我們約好去那裡度週末，我叫了熊弼一起來，妳能不能來？」

為了掙點錢，我每個週末在一間兒童畫室教小孩子畫畫。如果去旅行的話，就由其他人代班。

「不可以呀。」我說。

「徐文治也來。」

「我晚一點來行不行？」

「可以呀，我給妳地址，妳告訴我妳坐哪一班船來。」

週末黃昏，我離開畫室後，匆匆趕到南丫島。

文治在碼頭等我。

「他們派我來接妳，怕妳找不到那間房子。」他微笑說，「妳教小孩子畫畫嗎？」

「嗯。」

「什麼年紀的？」

「從四歲到八歲都有。」

「平常畫些什麼呢？」

「我讓他們胡亂畫些自己喜歡的東西。家長們很奇怪，如果他們的小孩子來了三個月還不會畫蘋果、橙、香蕉，他們就覺得老師沒盡責。誰說一定要畫蘋果呢？即使畫蘋果，我也會讓他們畫自己心目中的蘋果，如果只有一個方法畫蘋果，那太可悲了。」

「人是長大了才有各種規範，不能這樣，不能那樣。」

「妳將來的設計一定與別人不同。」他笑說。

後來，我就知道，我們努力追求不平凡，到頭來，卻會失去了許多平凡女人的幸福。

「你為什麼會當記者？」我問他。

「也許是一份使命感驅使吧。」

「使命感？」

「我喜歡當記者，揭露真相，報導事實。是不是很老套？」

「不。比起你，我一點使命感也沒有。我只希望付得起錢的人，都買我的衣服。」

「這也是一種理想。」他寬容地說。

方維志的女朋友高以雅是寫曲的，他們在一起許多年了。

良湄帶了那個唸化學的熊弼來，他的樣子果然古古怪怪的。

晚上，良湄嚷著要在天臺上一起等日出。

「在這裡，五點鐘就可以看到日出。」她說。

結果，首先睡著的是她，而且是故意依偎著熊弼睡著的。

熊弼支持到一點鐘也睡著了。

方維志喝了酒，早就累得睡在天臺的長凳上。高以雅捱到凌晨三點鐘也支持不住了，只剩下我和文治。

「不如睡吧，反正每天的日出都是一樣。」文治說。

「你忍耐一下吧，我忽然很想看日出。」

「不行了，我昨天工作到很晚才睡。」

「求求你，不要睡，陪我看日出。」

「好的。」他苦笑。

我把皮包裡的鐘盒拿出來，放在身邊。

「這是什麼東西？」

我把鐘盒放在他身邊，讓他聽聽那滴答滴答的鐘聲。

「是個鐘嗎？」

我掀開盒子，盒子跟一個有分針的鐘連在一起，盒蓋打開了，便可以看到裡面的鐘。一隻浮塵子伏在鐘面上十二點至三點之間的空位。

「這是蟲嗎？」文治問我。

「這種蟲名叫浮塵子，別看牠身軀那麼小，這種蟲每年能夠從中國飛到日本。」

「為什麼會在鐘裡面放一隻已死去的蟲？」

「這個鐘是爸爸留給我的。做裁縫的爸爸最愛蒐集昆蟲的標本。」

「所以妳的名字也叫蜻蜓？」

「對呀，他希望我長大了會飛，但是蜻蜓卻不能飛得太高。」

「這隻浮塵子也是妳爸爸製的標本嗎？」

「嗯。爸爸有一位朋友是鐘錶匠，這個旅行鐘是他從舊攤子買回來的。他把爸爸這隻浮塵子鑲在鐘面上，送給我爸爸。所以這個鐘是世上獨一無二的。」

「既然有那麼多昆蟲標本，為什麼要用浮塵子？」

「媽媽喜歡浮塵子，她說時光就像浮塵，總是來去匆匆。」

「妳經常把這個鐘帶在身邊嗎？」

「去旅行的時候就會帶在身邊，來南丫島也算是旅行呀。」

我把鬧鈴時間調校到清晨五點鐘：「萬一睡著了，它也可以把我們叫醒。還有二十分鐘就可以看到地平線上的日出。」

他苦撐著說：「是的。」

我的眼瞼快要不聽話地垂下來了。

「別睡著。」我聽到他在我耳邊叫我。

「跟我說些話。」我痛苦地掙扎。

漸漸，我連他的聲音都聽不見了。

刺眼的陽光把我弄醒，我睜開眼，太陽已經在天邊。

我望望身旁的文治，他雙手托著頭，眼睜睜地望著前方。臉上掛著兩個大眼袋，欲哭無淚。

「對不起，我睡著了。」我慚愧地說。

「不——要——緊。」他咬著牙說。

「為什麼鬧鐘沒有響？」我檢查我的鐘。

「響過了，妳沒有醒來。」他連說話也慢了半拍。

離開南丫島，方維志與良湄一起回家，熊弼回去大學宿舍。

「看日出的事，真的對不起。」在路上，我向他道歉。

「沒關係，我現在已經好多了。」他笑說。

「你真的不怪我？」

「在日出前就能睡著，是很幸福的。」

在巴士上，文治終於睡著了，我輕輕依偎著他。

我望著我的浮塵子鐘，到站的時候，文治剛好睡了二十分鐘。

我們失去的二十分鐘，竟然可以再來一次。

「我到了。」我叫醒他。

他醒來，疲倦的雙眼布滿紅筋。

「我們會不會見過？在很久以前？」我問他。

「是嗎？」他茫然。

「我好像有這種感覺。別忘了下車。」我起來說。

「再見。」他跟我說。

「謝謝。」我說，「我兩天後去成都。」

「是嗎？是去工作，還是什麼的？」

「去旅行，一個人去。」

「回來再見。」

「謝謝。」

我走下車，跟車廂裡的他揮手道別。

在日出之前，我早就愛上了他。

為什麼？

在出發到成都的那天早上，我在火車站打了一通電話給文治。

「我出發啦，有沒有東西要我帶回來？」

「不用了，妳玩得開心點吧。」

「我上車了。」

「路上小心，再見。」

「謝謝。」我掛上電話，站在月臺上等車。那一剎，我突然很掛念他。他總能夠給我一種說不出的安全感。

在從廣州開往成都的火車上，我把浮塵子鐘拿出來，放在耳邊，傾聽那滴答滴答的聲音，多少年來，在旅途上，我都是孤單一個人，唯獨這一次，卻不再孤單。

從成都回來，我帶了一瓶辣椒醬給文治。原本那個瓶子很醜陋，我買了一個玻璃瓶，把辣椒醬倒進去，在瓶子上綁上一隻蝴蝶結。

那天在電視臺見到他，我小心翼翼把辣椒醬送給他。

「成都沒什麼可以買的禮物，這種辣椒醬很美味。」

「瓶子很漂亮。」他讚嘆。

「是我換上去的。」

「怪不得，謝謝妳。」

「不知道你喜不喜歡吃辣椒醬——」

「我喜歡，尤其喜歡吃印度咖哩。」

「你那個特輯順利嗎？」

「這幾天從早到晚都在剪片，現在也是去剪片室。」

「我可以看嗎？」

「妳有興趣？」

「嗯。」

「好吧！」

「是關於什麼的？」

「是關於移民的。」

在剪片室裡，我坐在文治和剪接師後面，觀看文治的採訪片段。特輯探討的是當前香港人的移民問題，為了逃避九七，很多家庭選擇夫妻兩地分隔。特輯裡主要採訪兩個家庭，這兩個家庭都是丈夫留在香港，太太和孩子在多倫多等候入籍。

其中一個個案，那個孤身在香港的男人，從前每天下班後都跟朋友去飲酒，很晚才回家，太太帶著獨子移民多倫多之後，男人反而每天下班後都回到家裡等太太的長途電話。女人在冰天雪地的異國裡，變得堅強而獨立，反而男人，在聖誕節晚上，跟彼邦的太太通電話時泣不成聲，還要太太安慰他。

他太太在電話裡說：「別這樣，當初我們不是說好為了將來，大家忍受分開三年的嗎？」

男人飲泣：「我不知道這是為了什麼。」

堅強的太太說：「別離是為了重聚。」

離開電視臺的時候，已經是深夜。

「我送妳回去吧。」文治說。

「謝謝你。」

「妳覺得怎麼樣？」文治問我。

「我在想那位太太說的話，她說『別離是為了重聚』，別離真的是為了重聚嗎？」

「以前的人，為了一段感情不離別，付上很多代價，譬如放棄自己的理想，的東西。」

放棄機會。現在的人，卻可以為這些而放棄一段感情。離別，只是為了追尋更好

「我覺得那個男人很可憐——」

「是的，他太太走了後，他才發現他不能沒有她。聖誕節那天晚上，我們在他家裡陪他一起等他太太的長途電話，沒想到他會哭成那樣。他一直以為是他太太不能沒有他。下星期是農曆年假期，我們採訪隊會跟他一起到多倫多，拍攝他過去探望家人的情形。」

沒想到我剛回來，他又要走了。

「到了。」他放下我，「有什麼要我帶回來？」

「不麻煩嗎？」

他搖頭。

「我要一雙羊毛襪。」

「為什麼是羊毛襪？」

「只是忽然想到。」

「好的。再見。」

「謝謝，一路順風。」

他開車離開，轉瞬又回來。

「我剛才跟妳說再見——」他說。

「是的，謝謝。」

「為什麼每次我跟妳說再見，妳都說『謝謝』，而不是說『再見』？」

「我不說再見的。無論你跟我說『再見』、『拜拜』或者『明天再見』，我都只會說謝謝。」我說。

星期天，在畫室教小孩子畫畫的時候，我吩咐他們畫一雙羊毛襪。

「為什麼要畫一雙襪？」班上一個男孩舉手問我。

「只是忽然想到。」我說。

真正的理由十分自私，我掛念在冰天雪地裡的他。

農曆年三十晚，我在良湄家裡吃團圓飯。

良湄問我：「畢業後妳有什麼打算？」

「當然是找工作，也許會到製衣廠當設計師。」

「我哥哥要結婚了。」

「是嗎？」我問方維志，「哥哥，恭喜你，是不是跟高以雅？」

「除了她還有誰？」良湄說。

「以雅要到德國進修，一去就是三年，她想先結婚，然後才去那邊。」

「你會不會跟她一起去？」

「我會留在香港，我的事業在香港。」方維志無奈地說。

「你的意思是以雅向你求婚的嗎？」良湄問她哥哥。

「我不介意等她，但是她覺得既然她要離開三年，大家應該有個名分。」

「哥哥，以雅對你真好。」我說。

高以雅才二十七歲，她才華橫溢，條件也很好，三年後的事沒人知道，她根本沒需要在這個時候給自己一份牽制。

「我認為她有點自私。」良湄替她哥哥抱不平，「她要離開三年，卻要你在這裡等她。你成為了她丈夫，就有義務等她，你若變心，就是千夫所指。但是她忘了是她撇下你的。」

「愛一個人，應該包括讓她追尋自己的理想。」方維志說。

「如果我很愛一個男人，我才捨不得離開他。蜻蜓，妳說她是不是自私？」良湄逼我表明立場。

「德國，是很遙遠的地方啊！」我說。

「是的。」方維志說。

「相隔那麼遠，不怕會失去嗎？愛情應該是擁有的。」

「愛情，就是美在無法擁有。」方維志說。

我要很久很久以後才明白這個道理。

文治從多倫多回來，帶了一雙灰色的羊毛襪給我。

「謝謝你，很暖啊！」我把羊毛襪穿在手上，「你不是說喜歡吃印度菜嗎？

我知道中環有一間，不錯的。我請你好嗎？」我說。

他笑著說：「好呀，那邊的印度菜難吃死了。」

「那個男人的太太怎麼樣？」在餐廳裡，我問他。

「她比她丈夫堅強得多，臨行前，她吩咐她丈夫不要常常去探她，要省點錢，還叫他沒必要也不要打長途電話給她，電話費很貴。」

「女人往往比男人容易適應環境。」

「因為男人往往放不下尊嚴。」文治說。

吃過甜品之後，女服務生送來一盤餅乾。

「這是什麼？」我們問她。

「這是占卜餅。」她說。

「占卜餅？」我奇怪。

「每塊餅裡都藏著一張籤語紙，可以占卜妳的運程。我們叫這種餅做幸福餅，隨便抽一塊吧。」她微笑說。

我在盤裡選了一塊。

「不知道準不準——」我說。
「妳還沒有看裡面的籤語紙。」文治說。
我將餅乾分成兩瓣，抽出裡面的籤語紙，籤語是：
祝你永遠不要悲傷。
「真的可以永遠不悲傷嗎？」我問文治，「不可能的。」
「籤語是這樣寫的。」
「輪到你了，快選一塊。」
文治在盤中選了一塊，拿出裡面的籤語紙來。
「上面寫些什麼？」我問他。
他把籤語紙給我看，籤語是：
珍惜眼前人。
誰是眼前人？他望著我，有點兒尷尬。
「走吧。」他說。
回家的路上，寒風刺骨，微雨紛飛。

「已經是春天了。」我說。

他沒有回答我，他的眼前人是我嗎？

「我到了。」我說。

他停車，跟我道別。

「為什麼妳不說再見？」他問我。

「你要知道嗎？」

「如果妳不想說，也沒關係——」

「爸爸最後一次進醫院的那個早上，我離家上學，臨行前，我跟他說：『爸爸，再見。』結果我放學之後，他已經不在了。媽媽臨終前躺在醫院，她對我說：『以後妳要自己照顧自己，來，跟我說再見。』我對她說了一聲再見，結果我永遠再也見不到她。我討厭別離，『再見』對我來說，就是永遠不再見。」

「對不起。」

「祝你永遠不要悲傷。」我說。

「謝謝妳。」

他在風中離去，那背影卻愈來愈清晰。
他是另有眼前人吧？

愛，美在無法擁有

他本來是我的，時光錯漏，就流落在另一個女人的生命裡，
就像家具店裡一件給人買下了的家具那樣，
他身上已經掛著一個寫著「SOLD」的牌子，有人早一步要了。

方維志和高以雅的婚禮很簡單，只是雙方家人和要好的朋友一起吃一頓飯。高以雅的白色裙子是我替她做的，款式很簡單。

「我身上這條裙子是蜻蜓的作品。」高以雅向大家宣布。

「將來妳也要替我設計婚紗。」良湄說。

臨別的時候，高以雅擁抱著我說：「希望將來到處都可以買到妳的作品。」

「謝謝妳。」

「我後天便要上機了。」

「這麼快？」

我看得出來她很不捨得。她緊緊握著方維志的手，她是否自私，我不知道，有一個男人願意等她三年，她是幸福的。在這個步伐匆匆的都市裡，誰又願意守身如玉等一個人三年？

「文治，你負責送蜻蜓回家。」喝醉了的方維志跟文治說。

「沒問題。」文治說。

「你是不是追求蜻蜓？」方維志突然問他。

文治尷尬得滿臉通紅，我都不敢望他。

「哥哥，你別胡說。」良湄笑著罵他。

「妳為以雅設計的裙子很漂亮。」路上，文治首先說話。

「謝謝。」

然後，又是一陣沉默。

文治如果真的喜歡我，應該趁著這個機會告訴我吧？可是他沒有。

「那個特輯完成了沒有？」我問他。

「已經剪輯好了。」

「什麼時候播出？」

「快了，我還沒有想好這輯故事的名字，什麼『移民夢』之類的名字毫不吸引。」車子到了我家樓下。

「有沒有想過就叫『別離是為了重聚』？」我向他提議。

他怔怔地望著我，好像有些感動。

「故事裡那位太太不是這樣說的嗎？」我搓著冰冷的雙手取暖。

「是的。」他的聲音有點顫抖，也許是風太冷了。

忽然之間，我很想擁抱他。

「我上去了，這裡很冷。」我掉頭跑進大廈裡，努力拋開想要擁抱他的欲望。

那個移民故事特輯終於定名為「別離是為了重聚」。播出的時候，我在家裡收看。文治在冰天雪地裡娓娓道出一個別離是為了重聚的故事。那個探親之後孤單地回來香港的丈夫，在機艙裡來來回回哼著粵劇「鳳閣恩仇未了情」裡面的幾句歌詞：

「人生如朝露，何處無離散。」

從前的別離，是為了國家。為了國家，放下兒女私情。

今天的別離，首先犧牲的，也是兒女私情。

兒女私情原來從不偉大，敵不過別離。

我打了一通電話給文治。

「你在看嗎？」我問他。

「嗯。」

「很感動。」

「是的。」他帶著唏噓說。

畫面消去，我整夜也睡得不好。

午夜爬起床，我畫了很多張設計草圖。

楊弘念是我們的客席講師，也是香港很有名氣的時裝設計師，一天下課後，他把我叫到他的辦公室，說：

「我打算推薦妳參加七月份在巴黎舉行的新秀時裝設計大賽。」

「什麼？」我不敢相信自己的耳朵。

「這是由各地時裝設計學院推薦學生參加的比賽。」

「為什麼你會選中我？」

「妳以前的設計根本不行。」他老實不客氣地說，「但是最近這幾款設計，很特別，有味道。」

那一輯草圖正是我在那個無法成眠的晚上畫的。

「現在距離七月只有三個月時間準備。」我擔心。

「我可以幫妳，怎麼樣？」

我當然不可能拒絕。

我立刻就想到要把這個好消息告訴文治。我在學校裡打了一通電話給他。

「我有一個好消息告訴你。」

「我也有一個好消息告訴妳。」他說。

「我們晚上出來見面好嗎？」

「好的，在哪裡？」

我約好文治在銅鑼灣見面。

「你的好消息是什麼？」我問他。

「公司決定把『別離是為了重聚』這個特輯送去參加紐約一個國際新聞紀錄片比賽。妳的好消息又是什麼？」

「也是一個比賽，講師推薦我參加巴黎的國際新秀時裝設計大賽。」

「真的？恭喜妳，可以去時裝之都參賽，不簡單的。」

「高手如雲，我未必有機會呢。」

「能夠參加，已經證明妳很不錯。」

「但是距離比賽只有三個月，我必須在這三個月內把參加比賽的一批衣服趕出來，時間很緊迫。」

「妳一定做得到的。」

「我差點忘了恭喜你。」

「謝謝。」

「這三個月我不能再到電視臺播報天氣，因為工作實在太趕，我要專心去做，我已經跟方維志請了假，準備迎接三個月昏天暗地的日子。」

「那我們三個月後再見，不要偷懶。」

那三個月裡，我每天都在楊弘念專用的製衣廠裡，跟他的裁縫一起工作，修改草圖、選布料，找模特兒試穿。

昏天暗地的日子，益發思念文治，只好趁著空檔，在製衣廠裡打電話給他。

「努力呀。」他總是這樣鼓勵我。

「我很掛念你。」我很想這樣告訴他，可是我提不起勇氣，等到我從巴黎回來，我一定會這樣做。

差不多是在出發到巴黎之前的兩天，我終於完成了那批參賽的時裝。

我早就告訴過文治，我會在七月二日起程，如果他對我也有一點意思，他應該會打一通電話給我。

七月一日的那天，我留在家裡，等他的電話。他負責黃昏的新聞報導。新聞報導結束之後，他並沒有打電話來給我。

也許他根本忘了我在明天出發。

晚上十點多鐘，正當我萬念俱灰的時候，他的電話打來了。

「妳還沒有睡嗎？」

「沒有。」我快樂地說。

「我剛才要採訪一宗突發新聞，所以這麼晚才打來，妳是不是明天就出發？」

「我明天早上有空，妳行李多不多，要不要我來送機？」

「不，我不是說過討厭別離嗎？機場是別離最多的地方，不要來。」

「哦。」他有點兒失望。

「你現在在哪裡？」我不捨得讓他失望。

「我在家裡，不過晚一點要回電視臺剪片。」

「不如你過來請我喝一杯咖啡，當作送行，好嗎？」

「好，我現在就過來。」

我換好衣服在樓下等他，三個月不見了。我從來沒有像這一刻那樣期待一個人的出現。

文治來了，並沒有騎車來。

「你的機車呢？」

「拿去修理了。」他微笑說。

三個月不見，站在我面前的他，樣貌絲毫沒變，眼神卻跟從前不一樣了。他望著我的眼神，好像比從前複雜。

我垂下頭，發現他用自己的右腳踏著左腳，他不是說過緊張的時候才會這樣做的嗎？

他是不是也愛上了我？

選擇步行而來，是因為雙腳發抖嗎？

「妳喜歡去哪裡？」他問我，用複雜的眼神等我回答。

「去便利商店買一杯咖啡，一邊喝一邊走好嗎？今天晚上的天氣很好。」

我們買了兩杯咖啡，走出便利商店。

週五晚上的駱克道，燈紅酒綠，吧女在路上招搖，風騷的老女人在酒吧門前招徠客人，賣色情雜誌的報販肆意地把雜誌鋪在地上。雖然看來墮落而糜爛，灣仔對我來說，卻是一個安全的地方。

「紐約新聞獎的結果有了沒有？」我問他。

「這個週末就揭曉。」

「那個時候我在巴黎，你打電話把結果告訴我好嗎？」我央求他。

「如果輸了呢？」

「不會的。那個特輯很感動，別離，本來就是人類共通的無奈。」

「妳呢？心情緊張嗎？」

「你說得對，能去巴黎參賽，已經很難得，勝負不重要。況且，可以免費去巴黎，太好了，比賽結束之後，我會坐夜車到倫敦看看，在那裡留幾天。」

「妳不是說很喜歡義大利的嗎？為什麼不去義大利？」

「對呀，就是因為太喜歡，所以不能只留幾天，最少也要留一個月，我哪有時間？還要回來準備畢業作品呢。」

「真奇怪。」

「什麼奇怪？」

「如果很喜歡一個地方，能去看看也是好的，即使是一、兩天，又有什麼關係？」

「我喜歡一個地方，就想留下來，永遠不離開。喜歡一個人也是這樣吧？如果只能夠生活一段日子，不如不要開始。」

「是的。」他低下頭說。

咖啡已經喝完，文治送我回家。

「妳到了。」他說。

我不捨得回去。

「你什麼時候要回去電視臺？」我問他。

「一點鐘。」

我看看手錶，那時才十一點四十五分。

「時間還早呢，你打算怎樣回去電視臺？」

「坐地鐵。」

「我送你去地鐵站好嗎？我還不想睡。」

他沒有拒絕我。

我陪他走到地鐵站外面。

「時間還早呢。」他說，「如果妳不想睡，我陪妳在附近走走。」

「好的。」

結果，我們又回到我家樓下。

「我說過要送你去地鐵站的——」我說。

「不用了，地鐵站很近。」

「不要緊，我陪你走一段路。」

我們就這樣在灣仔繞了不知多少個圈，最後來到地鐵站口，已經是十二點四十分，誰也沒時間陪對方走一段路了。

「我自己回去好了。」我說。

文治望著我，欲言又止，我發現他又再用右腳踏著左腳面。

我好想抱著他，可是我明天就要走了。

「希望妳能拿到獎。」他結結巴巴地說。

我有說不出的失望。

「你也是。」我祝福他。

「回來再見。」他移開踏在左腳上的右腳。

「保重。」我抬頭說。

我轉身離開，沒有看著他走進地鐵站，我不捨得。整夜不停地繞圈，腿在繞圈，心在繞圈，到底還要繞多少個圈？

楊弘念陪我一起去巴黎。他在巴黎時裝界有很多朋友。有他在身邊，我放心得多。

坊間有很多關於楊弘念的傳聞，譬如說他脾氣很怪，有很多女朋友。他的名字曾經跟多位當紅的模特兒走在一起。

他每星期來給我們上兩堂課。以他的名氣，他根本不需要在學院裡教學生，我覺得他真的是喜歡時裝。

「妳是不是在電視臺播報天氣？」在機艙裡，楊弘念問我。

「你有看到嗎？」

「那份工作不適合妳。」

「為什麼？」

「妳將來是時裝設計師，去當天氣播報女郎，很不優雅。」

我有點生氣，跟他說：

「我只知道我需要生活，時裝設計師也不能不吃人間煙火。我沒錢。」

「沒有一個時裝設計師成名前是當過天氣播報女郎的。」他慢條斯理地說。

「我不一定會成名。」

「不成名，為什麼要當時裝設計師？在這一行，不成名就是失敗。妳不要告訴我妳這一次去巴黎，並不想贏。」

空中小姐在這個時候送晚餐給乘客，楊弘念施施然從他的手提袋裡拿出一隻香噴噴的燒鵝來。

「我每次都會帶一隻燒鵝上機。」他得意洋洋地說。

「妳要吃嗎？」他問我。

「不要，你自己吃吧。」我賭氣地說。

「太好了，我不習慣與人分享。」

他津津有味地吃他的燒鵝，我啃著那塊像紙皮一樣的牛排。

「你成名前是幹什麼的？」我問他。
「妳為什麼想知道？」他反問我。
「我想你成名前一定做著一些很優雅的工作。」我諷刺他。
「我是唸建築的，在建築師事務所工作。」
「建築？一個建築師跑去當時裝設計師？」
「時裝也是一種建築，唯一不同的是時裝是會走動的建築物。」
「我只是個做衣服的人，我是裁縫的女兒。」
「怪不得妳的基本功那麼好。」
沒想到他居然稱讚我。
「可是，妳的境界還不夠。」他吃完燒鵝，仔細地把骨頭包起來。
「怎樣可以提升自己的境界？」
「妳想知道嗎？」
我點頭。
他笑了一下，然後閉上眼睛睡覺。

真給他氣死。

雖說是設計界的新秀比賽，但是對手們的設計都十分出色。在那個地方，我忽然覺得自己很渺小。

結果，很合理地，我輸了，什麼名次也拿不到。雖然口裡不承認想贏，但是我是想贏的。

跟楊弘念一起回到飯店，我跟他說：

「對不起，我輸了。」

「我早就知道妳會輸。」他冷冷地說，然後撇下我一個人在大廳。

我衝上自己的房間，忍著眼淚，告訴自己不要哭，不要給楊弘念看扁。

這個時候，電話鈴聲響起，我拿起話筒：

「誰？」

「是周蜻蜓嗎？」

「我是。你是誰？」

「我是徐文治——」
「是你？」
「告訴妳一個好消息，那個特輯拿了金獎。」
「恭喜你。」
「妳呢？妳怎麼樣？」
「我輸了。」我拿著話筒哽咽。
「不要這樣，妳不是說，能到巴黎參賽已經很不錯嗎？」他在電話那邊安慰我。他愈安慰，我愈傷心。
「謝謝你。」
「聽我說，妳並沒有失去些什麼，妳得的比失的多。」他說。
「行嗎？」
「我沒事的。」
「那我掛線了。」
「嗯。」我抹乾眼淚。

「再見。祝妳永遠不要悲傷。」

「謝謝你。」

雖然輸了，能夠聽到文治的安慰，卻好像是贏了。

第二天晚上，我退了房間，準備坐夜車到倫敦。

我不知道是否應該跟楊弘念說一聲，雖然他那樣可惡，但他畢竟和我一道來的，我一聲不響地離開，好像說不過去。

我走上楊弘念的房間，敲他的門，他睡眼惺忪出來開門。

「什麼事？」他冷冷地問我。

「通知你一聲，我要走了。」

「妳就是因為這個原因吵醒我？」

「對不起。」我難堪地離開走廊。

他砰然把門關上。

我愈想愈不甘心，掉頭走回去，再敲他的門。

他打開門，見到又是我，有點愕然。

「就是因為我輸了，所以你用這種態度對我？」我問他。

「我討厭失敗，連帶失敗的人我也討厭。」

「我會贏給你看的。」我悻悻然說完，掉頭就走，聽到他砰然把門關上的聲音。

我憋著一肚子氣，正要離開飯店的時候，大廳的接線生叫住我：

「周小姐，有電話找妳，妳還要不要聽？」

我飛奔上去接電話，是文治。

「妳好了點沒有？」他問我。

沒想到是他，我還以為是楊弘念良心發現，打電話到大廳跟我道歉，我真是天真。

我努力抑壓自己的淚水。

「我現在就要坐夜車去倫敦。」我說。

「路上小心。」他笑說。

「你可以等我回來嗎？回來之後，我有話要跟你說。」

回去之後，我要告訴他，我喜歡他。

「嗯。」他應了一聲，彷彿已經猜到我要說什麼。

「我要走了。」我說。

「再見。」

「謝謝。」

在從巴黎開往倫敦的夜車上，都是些孤單的旅客，可是我不再孤單。在倫敦，我用身上所有的錢買下一個小小的銀色的相框，相框可以放三張大小跟郵票一樣的照片。相框的左上角有一個長著翅膀的小仙女，她是英國一套膾炙人口的卡通片裡的主角花仙子。相框上，刻著兩句詩，如果譯成中文，大概就是這個意思：

葉散的時候，你明白歡聚，

花謝的時候，你明白青春。

五天之後，回到香港的家裡我正想打給文治，良湄的電話卻首先打來了。
「妳什麼時候回來的？我找了妳很多次。」
「剛剛才到，什麼事？」
「徐文治進了醫院。」
「為什麼？」我嚇了一跳。
「他前天採訪新聞時，從高臺掉下來，跌傷了頭。」
「他現在怎麼樣？」
「他昏迷了一整天，昨天才醒來，醫生替他做了電腦掃描，幸虧腦部沒有受傷。」
我鬆了一口氣，問良湄：「他住在哪一家醫院？」
我拿著準備送給他的相框，匆匆趕去醫院。只是，我從沒想過，走進病房時，我看到一個年輕女人，坐在床沿，正餵他吃稀粥。
那一剎，我不知道應該立刻離開還是留下來，但是他身邊的女人剛好回頭看到了我。

「妳找誰？」女人站起來問我。
頭部包紮著的文治，看到了我，很愕然。
我結結巴巴地站在那裡，不知所措。
「讓我來介紹——」文治撐著虛弱的身體說，「這是我的同事周蜻蜓，這是曹雪莉。」
「妳也是播報新聞的嗎？」曹雪莉問我。
「我播報天氣。」我說。
「哦。」她上下打量我，彷彿要從中找出我和文治的關係。
「請坐。」文治結結巴巴地跟我說。
「不了，我還有事要辦。」我把原本想送給他的相框放在身後，「良湄說你進了醫院，所以我來看看，你沒什麼吧？」
「沒什麼了，謝謝妳關心。」曹雪莉代替他回答。
「那就好了，我有事，我先走。」我裝著真的有事要去辦的樣子。
「再見。」曹雪莉說。

文治只是巴巴地望著我。

「謝謝。」我匆匆走出病房。

出去的時候，方維志剛好進來。

「蜻蜓——」他叫了我一聲。

我頭也不回地離開走廊。

本來打算要跟文治說的話，已經太遲了，也許，我應該慶幸還沒有開口。

我在醫院外面等車，方維志從醫院出來。

「哥哥。」我叫了他一聲，我習慣跟良湄一樣，叫他哥哥。

「什麼時候回來的？」他問我。

「今天下午。」

「在巴黎的比賽怎麼樣？」

「我輸了。」

「哦，還有很多機會啊。妳手上拿著的是什麼東西？」他指著我手上那個用禮物盒裝著的相框。

「沒用的。」我把相框塞進皮包裡。

「文治的女朋友一直住在舊金山。」

「是嗎？」我裝著一點也不關心。

「他們來往了一段時間，她便移民到那邊。」

「你早就知道了？」我心裡怪責他不早點告訴我。在他跟高以雅請吃喜酒的那天晚上，他還取笑文治追求我。

「曹雪莉好像是一九八四年初加入英文臺當記者的，她在史丹佛畢業，成績很棒。幾年前移民後，就沒有再回來，我以為他們分手了。」

一九八四年？如果一九八三年的時候，我答應到電視臺擔任天氣播報女郎，我就比她早一步認識文治，也許一切都會不同；但那個時候，我只是個唸預科的黃毛丫頭，怎可能跟唸史丹佛的她相比？

「他們看來很好啊。」我說。

「我也不太清楚。」他苦笑，「文治是個有責任感的男人。有責任感的男人是很痛苦的。」

「你是說你還是說他？」

「兩個都是。」

「你不想跟以雅結婚嗎？」

「我是為了負責任所以要等她，千萬別告訴她，她會宰了我。」他苦笑。

那天之後，我沒有再去醫院探望文治，我想不到可以用什麼身分去探望他。知道他康復出院，是因為在直播室裡看到他再次出鏡播報新聞。

我站在攝影機旁邊看著他，那個用右腳踏著左腳的文治，也許只是我的幻覺。

新聞播報結束，我們無可避免地面對面。

「你沒事了？」我裝著很輕鬆地問候他。

「沒事了，謝謝妳來探望我。」

「我要過去準備了。」我找個藉口結束這個尷尬的時刻。

播報天氣的時候，我悲傷地說：

「明天陽光普照。」

陽光普照又如何？

播報完天氣，我離開直播室，看到文治在走廊上徘徊。

「你還沒走嗎？」我問他。我心裡知道，他其實是在等我。

「我正準備回家。妳去哪裡？是不是也準備回家？」

「不。」我說。

他流露失望的神色。

「我回去學校，你順路嗎？」

「順路。」他鬆了一口氣。

再次坐上他的機車，感覺已經不一樣了。我看著他的背脊，我很想擁抱這個背脊，但這個背脊並不屬於我。

「你女朋友呢？不用陪女朋友嗎？」我問他。

「她回去舊金山了。」

「這麼快就走？」
「是的。」
「特地回來照顧你，真是難得。」
「她不是特地回來照顧我的，她回來接她外祖母過去，剛好碰上我發生意外。」
「她什麼時候回來？照理她拿了公民身分，就可以回來跟你一起。」
「她已經拿到了，但是她不喜歡香港，她很喜歡那邊的生活。她在那邊有一份很好的工作。」文治沒有再說下去，我也沒法再裝著若無其事地跟他談論他女朋友。我愈說下去，愈顯得我在意。可是，我們兩個愈不說話，卻也顯得我們兩個都多麼在乎。沉默，是最無法掩飾的失落。
車子終於到了學校。
「謝謝你。」我跳下車。
「有一件事，一直想跟妳說——」他關掉機車的引擎。
我站在那裡，等他開口。

他望著我，欲言又止，終於說：

「對不起，我應該告訴妳我有女朋友，我不是故意隱瞞，只是一直不知道怎樣說——」

「你不需要告訴我。」我難過地說，「這是你的秘密，況且，我們沒發生過什麼事——」

我在背包裡拿出那個準備送給他的相框來，我一直放在身邊。

「在倫敦買的，送給你，祝你永遠不要悲傷。」

他接過相框，無奈地望著我。

「這個相框可以放三張照片，將來可以把你、你太太和孩子的照片放上去。」

「謝謝妳。」他難過地說。

「不是說過不要悲傷嗎？」

他欲語還休。

「不要跟我說再見。」我首先制止他。

他望著我，不知說什麼好。

「我要進去了。」我終於鼓起勇氣說。再不進去，我會撲進他懷裡，心甘情願做第三者。我跑進學校裡，不敢再回頭看他。

他本來是我的，時光錯漏，就流落在另一個女人的生命裡，就像家具店裡一件給人買下了的家具那樣，他身上已經掛著一個寫著「SOLD」的牌子，有人早一步要了，我來得太遲，即便多麼喜歡，也不能把他拿走，只可以站在那裡嘆息。

愛，真的是美在無法擁有嗎？

第二天，我打電話給方維志，辭去電視臺的兼職。

「為什麼？」他問我。

「我要準備畢業作品。」我說。

我只是不能再見到文治。

文治也沒有找我，也許方維志說得對，負責任的男人是很痛苦的。

良湄在中環一間規模不小的律師事務所實習，熊弼留在大學裡攻讀碩士課程。那天晚上，良湄來我家找我，我正忙著準備一個星期後舉行的畢業生作品比賽。

「妳真的就這樣放棄？」良湄問我。

「妳以為我還可以怎樣？」

「既然他和女朋友長期分開，為什麼不索性分手？」

「也許文治很愛她，願意等她，就像妳哥哥願意等以雅一樣。」

「不一樣的，哥哥跟以雅已經結婚，而且有很多年的感情。」

「也許文治和曹雪莉之間有一項盟約，他在香港為自己的理想努力，她拿一個外國公民權，必要時可以保障他，令他沒有後顧之憂。」

「妳真的相信是這樣嗎？」良湄反問我。

「我只可以這樣相信，況且，不相信也得相信，我沒可能跟她相比。」

「妳太沒自信了。」良湄罵我。

「到現在我才明白，愛上一個沒有女朋友的男人，是多麼幸運的一回事。」

我黯然說。

「這是不是叫做適當的人出現在錯誤的時間？」良湄問我。

「如果是適當的人，始終也會在適當時間再出現一次。」

「這些就是妳的畢業作品嗎？」良湄在床上翻看我的設計草圖，「很漂亮，我也想穿呢。」

「這次我一定要贏。」

「為什麼？」

「我不能輸給一個人看。」

「是徐文治嗎？」

我搖頭。

楊弘念是這次設計系畢業生作品大賽的其中一位評審。

比賽當天，我在臺下看到他，他一如以往，顯得很高傲，沒有理我。

良湄和熊弼結伴來捧我的場，電視臺也派了一支採訪隊來拍攝花絮，只是，來採訪的記者，不是文治。

我參加的是晚裝組的比賽，我那一系列設計，主題是花和葉。裙子都綑上不規則的葉邊，模特兒戴上浪漫的花冠出場，像花仙子。

我想說的，是一個希望你永遠不要悲傷的故事。那個我在倫敦買來送給文治的相框上，刻著的詩，詩意是：

葉散的時候，你明白歡聚。

花謝的時候，你明白青春。

花會謝，葉會散，繁花甜酒，華衣美服，都在哀悼一段早逝的愛。

我把我的作品送給那個我曾經深深喜歡過的男人。

那夜輕輕的叮嚀，哀哀的別離，依舊重重地烙在我心上，像把一個有刺的花冠戴在頭上。

「很漂亮，妳一定會贏的。」在臺下等候宣布結果時，良湄跟我說。

我也這樣渴望，結果，我只拿了一個優異獎，失望得差點站不起來。

「沒可能的，妳的設計最漂亮。」良湄替我抱不平。

「拿到優異獎已經很不錯。」熊弼說。

我當然知道，只拿到一個優異獎就是輸。

散場之後，我留在後臺收拾。

當我正蹲在地上把衣服上的假花除下來的時候，有一個聲音叫我。

我抬頭，是楊弘念。

「什麼事？」我低頭繼續做我的事，沒理他。

「聽說妳沒有在電視臺播報天氣了。」

「是的，不過這並不是因為我覺得這份工作不優雅。」

「妳有沒有興趣當我的助手？」

我差點以為自己聽錯了，抬頭望他，他的神情是認真的。

「你不是說過討厭失敗的人嗎？今晚我輸了，你沒理由聘用我。」我冷冷地說。

「妳輸的不是才華，而是財力，其他得獎的人用的布料都是很貴的，效果當然更好。」

忽然之間，我有點感動。

「怎麼樣？很多人也想當我的助手。」

「我要考慮。」我說。

他有點詫異，大概從來沒有人這樣拒絕他。

「好吧，妳考慮一下，我只能等妳三天，三天之內不見妳，我就不再等妳。」

「妳還要考慮些什麼呢？」良湄問我。

「我不喜歡他，妳沒見過他那些難看的嘴臉。」我躺在良湄的床上說。

「這個機會很難得，他只是脾氣有點怪怪罷了。」

「妳也認為我應該去嗎？」

「是他來求妳，又不是妳去求他。」

「如果身邊有個男人就好了。」我苦笑，「遇上這種問題就可以問他。」

「妳可以去問問徐文治呀。」良湄扭開電視機，文治正在報導新聞。

我看看鐘，奇怪：「這個時候為什麼會有新聞報導？」

「是我昨天晚上錄下來的。」

文治正在報導昨日舉行的設計系畢業生時裝比賽。

「雖然人沒有來採訪，但是這段花邊新聞由他報導。」良湄說，「是不是很奇妙？」

我在螢幕上看到了我的設計，那一襲襲用花和葉堆成的裙子，雖然沒有贏出，卻在鏡頭前停留得最久。

忽然之間，我有了決定。

「我會去的。」我告訴良湄。

「妳決定了？」

「如果有一天，我成名的話，文治就可以經常看到我的作品，或聽到我的名字。即使是十年、二十年後，他也不會忘記我。如果我沒有成名，他也許會把我忘掉。唯一可以強橫地霸占一個男人的回憶的，就是活得更好。」

「那麼妳一定要成名，要永遠活在他的腦海裡，讓他後悔沒有選擇妳。要勝過他那個唸史丹佛的女朋友。」

為了能永遠留在文治的回憶裡，我放下尊嚴，在第三天，來到楊弘念在長沙灣的工作室。

楊弘念正在看模特兒試穿他最新的設計，他見到我，毫不詫異。

「妳替我拿去影印。」他把一疊新畫好的設計草圖扔給我。

「影印？」我沒想到第一天上班竟然負責影印。

「難道由妳來畫圖嗎？」他反問我。

我只好去影印。他的草圖我還是第一次看到，畫功流利，畫中的模特兒都有一雙很冷漠，卻好像看穿人心事的眼睛。

楊弘念另外有一個工作室在他自己家裡，是他創作的地方。他住在跑馬地一幢有四十年歷史的平房裡，地下是工作室，一樓是睡房。

他有一個怪癖，就是只喜歡喝一種叫「天國蜜桃」的桃子酒。「天國蜜桃」由義大利威尼斯一間著名的酒吧調配出來，由於受到歡迎，所以酒吧主人把它放入瓶裡，自行出品。

「天國蜜桃」是用新鮮蜜桃汁和香檳混合而成的，顏色很漂亮，是帶點魔幻色彩的通透的粉紅色。瓶子只有手掌般大小，瓶身透明，線條流利，喝一口，令人飄飄欲仙，血管裡好像流著粉紅色的液體。

「天國蜜桃」只在中環一間專賣洋食品的超級市場裡買得到，而且經常缺貨，楊弘念如果喝不到，就沒有設計靈感，所以我的工作之一，就是替他買「天國蜜桃」。

那天，他的「天國蜜桃」喝光了，我跑到那間超級市場，貨架上的「天國蜜桃」正缺貨，職員說，不知道下一批貨什麼時候來，我只好硬著頭皮回去。

「我不理，妳替我找回來。」他橫蠻地說。

我唯有再去其他超級市場找，超級市場裡沒有，我到蘭桂坊的酒吧去，逐間碰運氣，還是找不到，這樣回去的話，一定會捱罵。

我在水果店看到一些新鮮的蜜桃，靈機一觸，買了幾個蜜桃和一瓶香檳回去，把蜜桃榨汁，混合香檳，顏色雖然跟「天國蜜桃」有點差距，但是味道已經很接近，我放在杯裡，拿出去給楊弘念。

「這是什麼？」他拿著酒杯問我。

「『天國蜜桃』。」我戰戰兢兢地說。

他喝了一口說：「真難喝。是哪一支牌子？」

「是我在廚房裡調配出來的。」

「怪不得。」他放下酒杯，拿起外衣出去，「找到了才叫我回來。」

「沒有『天國蜜桃』你就不做事了？」我問他。

他沒理我。

我只好打電話去那間超級市場，跟他們說，如果「天國蜜桃」來了，立刻通知我。

幸好等了一個星期，「天國蜜桃」來了，楊弘念才肯回到工作前面，重新構想他的夏季新裝。

「如果世上沒有了『天國蜜桃』這種酒，你是不是以後也不工作？」我問他。

「如果只能喝妳弄出來的那種難喝死的東西，做人真沒意思。」

「我就覺得味道很不錯。」我還擊他。

「所以這就是我和妳的分別，我只要最好的。」

「你怎知道我不是要最好的？」我駁斥他。

「希望吧。」

我以為有了「天國蜜桃」他會專心設計，誰知過了兩星期，他又停筆。

「什麼事？」我問他。

「我的筆用完了。」

「我替你去買。」

「已經找過很多地方了，也買不到。」他沮喪地說。

每個設計師都有一枝自己慣用的筆，楊弘念用的那枝名叫 Pantel 1.8cm，筆嘴比較粗。

「我去找找。」我說。

我找了很多間專賣美術工具的文具店，都說沒有那種筆，由於太少人使用，所以這種筆不常有貨。

一天找不到那種筆，楊弘念一天也不肯畫圖，那天在他家裡，我跟他說：

「大家都在等你的設計，趕不及了。」

「沒有那枝筆，我什麼也畫不出來。」他一貫野蠻地說。

「那夏季的新裝怎麼辦？」

「忘了它吧！我們出去吃飯。」

我們坐計程車去尖沙咀吃飯，沒想到在路上會碰到文治。

計程車停在紅綠燈前面，他騎著機車，剛好就停在我旁邊。

他首先看到了我，也看到了坐在我身邊的楊弘念。他一定會以為楊弘念是我的男朋友。

「很久不見了。」我先跟他打招呼。

楊弘念竟然也跟他揮手打招呼。

文治不知說什麼好，紅綠燈變成綠色，他跟我說：「再見。」

又是一聲再見。

「謝謝。」我說。

沒見半年了，半年來，我一直留意著馬路上每一個騎機車的人，希望遇到文治，這天，我終於遇到他了，偏偏又是錯誤的時間。

「剛才你為什麼跟他打招呼？」我質問楊弘念。

他這樣做，會令文治誤會他是我男朋友。

「他是不是那個在電視臺播報新聞的徐文治？」

「是又怎樣？」

「我是他影迷，跟他打招呼有什麼不對？」

我給他氣死。

「他是不是妳以前的男朋友？」

「不是。」

「那妳為什麼害怕他誤會我是妳男朋友？」

「誰說我害怕？」我不承認。

「妳的表情告訴了我。」

「沒這回事。」

「他看來挺不錯。」

「你是不是同性戀？」

「為什麼這樣說？就因為我說他不錯？」

「半年來，我沒見過有女人來找你。」

「我不是說過，我只要最好的嗎？」

接著的一個月，楊弘念天天也不肯工作，只是要我陪他吃飯。

「你什麼時候才肯工作？」我問他。

「我沒有筆。」他理直氣壯地說。

「你怎可以這樣任性？」

「不是任性，是堅持。別嘮叨，我們去吃飯。」

「我不是來跟你吃飯的，我是來跟你學習的。」

「那就學我的堅持。」

九個月過去了，找不到那款筆，楊弘念竟然真的什麼也不做。除了陪他吃飯和替他買「天國蜜桃」，我什麼也學不到，再這樣下去，再熬不出頭，文治把我忘了。

那天在楊弘念家裡，我終於按捺不住問他：

「是不是找不到那款筆，你就從此不幹了？」

「我每個月給妳薪水，妳不用理我做什麼。」

「我不能再等，我趕著要成名。」我衝口而出。

「趕著成名給誰看？」他反問我。

「你別理我。」

他沮喪地望著我說：「難道妳不明白嗎？」

「我明白，但我不能再陪你等，我覺得很無聊。」

「那妳走吧。」他說，「以後不要再回來，我看見妳就討厭。」

「是你要我走的……」我覺得丟下他好像很殘忍。這一年來，我漸漸發現，他外表雖裝得那樣高傲，內心卻很孤獨，除了創作，差不多凡事都要依賴我。

「妳還不走？我現在開除妳。」他拿起我的背包扔給我。

「我走了你不要後悔。」

「荒謬！我為什麼要後悔？快走！」

我立刻拿著背包離開他的家。

這個人為什麼要這樣對我？我對他僅餘的一點好感都沒有了。

從跑馬地走出來，我意外地發現一間毫不起眼的文具店，為了可以找個地方抹乾眼淚，我走進店裡，隨意看看貨架上的東西，誰知道竟然讓我發現這半年來我們天天在找的 Pantel 1.8cm。

「這種筆，你總共有多少？」我問店東。

「只來了三打。」店東說。

「請你通通給我包起來。」

我抱著那盒筆奔跑回去，興奮地告訴楊弘念。

「我找到了！」

他立刻就拿了一枝開始畫草圖。

我整夜站在他旁邊，看著他完成一張又一張的冬季新裝草圖。那些設計，美麗得令人心動，原來這半年來，他一直也在構思，只是沒有畫出來。

「很漂亮。」我說。

「妳不是說過辭職的嗎？」他突然跟我說。

為了自尊，我拿起背包。

「不要走，我很需要妳。」他說。

「我不是最好的。」我回頭說。

「妳是最好的。」他拉著我的手，放在他臉上。

也許我跟他一樣寂寞吧，那一剎，我愛上了他。

「竟然是楊弘念？」跟良湄在中環吃飯時，我把這個消息告訴她，她嚇了一跳。

「是他。」我說。

「那徐文治呢？」

「他已經有女朋友，不可能的了。」

「妳不是為了他才去當楊弘念的助手嗎？怎麼到頭來卻愛上了楊弘念？」

跟良湄分手之後，我獨個兒走在路上，想起她說的話，是的，我為了一個男人而去跟著另一個男人工作，陰差陽錯，卻愛上了後來者；就好像一個每天守候情人的來信的女孩子，竟然愛上了天天送信來的郵差。是無奈，還是寂寞？生命，畢竟是在開我們的玩笑。

玩笑還不只這一個，那天在銀行裡，我碰到文治，他剛好就在我前面排隊，我想逃也逃不了。

「很久不見了。」他說。

「是的。」

「工作順利嗎？」他問我。

「還不錯，你呢？」

「也是一樣。那天跟妳一起在計程車上的男人，就是那個著名的時裝設計師嗎？妳就是當他的助手？」

「都一年前的事了，你到現在還記得？」

他靦腆地垂下頭。

原來他一直放在心裡。

「先生，你要的美元。」櫃臺服務員把一疊美金交給他。

「你要去舊金山嗎？」

「是的。」

「去探望女朋友嗎？」我裝著很輕鬆地問他。

他尷尬地點頭，剎那之間，我覺得心酸，我以為我已經不在意，我卻仍然在意。

「我不等了，我趕時間。」我匆匆走出銀行，害怕他看到我在意的神色。

外面正下著滂沱大雨，我只得站在一旁避雨。

文治走出來，站在我旁邊。我們相識的那一天，不也正是下著這種雨嗎？一切又彷彿回到以前。他，必然看到了我在意的神色。

「你很愛她吧？」我幽幽地說。

「三年前她決定去舊金山的時候，我答應過，我會等她。」

「你沒有回答我的問題。」

「沒人知道將來的事，但是我既然答應過她，就無法反悔。」

「即使你已經不愛她？」

他望著我，說不出話。

雨漸漸停了。我身邊已經有另一個男人，我憑什麼在意？

「雨停了。」我說。

「是的。」

「我走了。」我跟他道別。

他輕輕地點頭，沒有跟我說再見。

我跳上計程車，知道了文治只是為了一個諾言而苦苦等待一個女人。那又怎樣？她比我早一步霸占他，我來遲了，只好眼巴巴地看著他留在她身邊。

我一直不認為他很愛她，也許每一個女人都會這樣騙自己。這一天，他證實了我所想的，照理我應該覺得高興，可是，我卻覺得失落。也許，他不是離不開她，而是他不能愛我更多。比起他的諾言，我還是微不足道。

在楊弘念的床上，他詫異地問我：

「妳以前沒有男朋友嗎？」

也許他覺得感動吧。

但是他會否理解，對一個人的懸念，不一定是曾經有慾。單單是愛，可以比慾去得更深更遠。

「你不是曾說我的境界不夠嗎？」我問他。

「我有這樣說過嗎？」他用手指撫弄我的頭髮。

「在往巴黎的飛機上，你忘了嗎？」

「我沒有忘記——」

「你還沒有告訴我怎樣才可以把境界提高。」

「我的境界也很低——」他把頭埋在我胸口。
「不，你做出來的衣服，也許是我一輩子都做不到的。」
「有一天，妳一定會超越我。」他呷了一口「天國蜜桃」說。
「不可能的。」
「妳一點也不了解自己。我在妳這個年紀，絕做不出妳在畢業禮上的那一系列晚裝。那個時候，妳是在愛著一個人吧？」
「誰說的？」我否認。
「只有愛和悲傷可以令一個人去到那個境界。最好的作品總是用血和愛寫成的。曾經，我最好的作品都是為了一個和我一起呷著『天國蜜桃』的女人而做的。」
他還是頭一次向我提及他以前的女人。
「後來呢？」我問他。
「她不再愛我了。」
「你不是說，悲傷也是一種動力嗎？」

「可是我連悲傷都不曾感覺到——」

「你還愛她嗎？」

「我不知道——」

忽然，他問我：

「妳愛我嗎？」

我難以置信地看著他。

「為什麼這樣看著我？」他有點委屈。

「想不到像你這麼高傲的人也會問這個問題。」

「這個問題跟高傲無關，妳怎麼知道，我的高傲會不會是一件華麗的外衣？」

我失笑。

「妳還沒有回答我——」他說。

「我還沒有去到可以答這個問題的境界。」我說。

我用一個自以為很精采的答案迴避了他的問題。但是我愛他嗎？也許我不過是他的「天國蜜桃」，我們彼此依賴。

祝你永遠不要悲傷

我毫無理由地愛著另一個人，我彷彿知道他早晚會回來我身邊。
我祝願他永遠不要悲傷，我期望我們能用歡愉來迎接重逢。
至於在我生命裡勾留的人，我無法愛他更多。

和楊弘念在一起兩年多的日子裡，我們去了很多地方，包括比利時、紐約、德國、巴黎、日本、西班牙、義大利。為了工作，我和他大部分時間都在旅途上，也因此使我愈來愈相信，我們彼此依賴，依賴的成分甚至比愛更多。

楊弘念很希望能夠躋身國際時裝界，為此他會不惜付上任何代價，我們最後一次在一起是在義大利。

他在米蘭開展事業的計畫遇到挫折，他帶著我，到了威尼斯。

我在威尼斯一間賣玻璃的小商店裡發現許多精巧漂亮的玻璃珠，有些玻璃珠是扁的，裡面藏裹一座金色的堡壘，有些玻璃珠是用幾條玻璃條黏在一起燒的，切割出來之後，變成波浪形，裡面有迷宮、有風鈴，也有昆蟲。

「我從沒見過這麼漂亮的玻璃珠。」我撈起一大堆玻璃珠在燈光下細看，它們晶瑩剔透，在我掌心上滾動，彷彿真的有一座堡壘在裡面。

「你看！」我跟楊弘念說。

他心情不好，顯得沒精打采。

我把玻璃珠逐顆放進一只長脖子的玻璃瓶裡，付了錢給店東，離開那間玻璃店。

楊弘念帶我到那間發明「天國蜜桃」的酒吧，我終於嘗到了一口最新鮮的「天國蜜桃」。

「我不會再來義大利。」他說。

「不一定要來義大利才算成功。」我安慰他。

「廢話！這裡是時裝之都，不來這裡，難道去沙烏地阿拉伯賣我的時裝嗎？」他不屑地說。

淚，忽然來了。我站起身離開。

「我們分手吧。」他說。

「什麼意思？」我回頭問他。

「妳根本不愛我。」他哀哀地說。

「誰說的？」我哭著否認。

「妳只是把我當作一個恩人，一個恩師。」

我站在那裡，哭得死去活來。他說得對，我們之間的愛從不平等，我敬愛他，被他依賴，但是從來不會向他撒嬌，從不曾害怕有一天會失去他。如果不害怕失去，還算是愛嗎？

「妳走吧，反正妳早晚會離開我。」他甚至沒有望我一眼。

「我走了，以後誰替你買『天國蜜桃』？」我哽咽著問他。

「我不需要妳可憐！我是一個很成功的時裝設計師！」他高聲叱喝我。

我跑出酒吧，奔回旅館。

我帶在身邊的浮塵子鐘，正一分一秒地告訴我，時光流逝，愛也流逝。

第二天就要回去香港了，楊弘念整夜也沒有回來。

第二天早上，我在收拾行李，他回來了。

「你會不會跟我一起回去？」我問他。

他沒作聲，收拾了自己的行李。

我們坐水上巴士到機場，在船上，大家都沒說話，只有坐在我們旁邊的一個威尼斯人用蹩腳的英語告訴我們：

「威尼斯像舞臺布景，遊客都是臨時演員，今天颳風，聖馬可廣場上那些正在熱吻的男女，都像在訣別——」

船到了機場。

「再見。」楊弘念跟我說。

「你要去哪裡？」我愣住。

「妳昨天晚上甚至沒有擔心我去了哪裡，我還沒有回來，妳竟然可以收拾行李。」他傷心地說。

我無言以對。

他留在船上，沒有望我一眼。

船在海上冉冉離去，他甚至沒有給我一個離別的吻。

威尼斯的機場也能嗅到海水的味道，我獨個兒坐在那裡，「天國蜜桃」的味道已經飄得老遠。我忽爾發現，自己是一個多麼殘忍的人，在離別的那一刻，我並不感到悲傷，我只是感到難過。
難過和悲傷是不同的。
悲傷是失去情人。
難過是失去旅伴，失去一個恩師。當他對我說再見，然後不肯回頭再望我的那一刹，我只是感覺他好像在跟我說：
「我可以教妳的東西都已經教給妳了，妳走吧。」
我於是知道是時候分手了。
我毫無理由地愛著另一個人，我彷彿知道他早晚會回來我身邊。我祝願他永遠不要悲傷，我期望我們能用歡愉來迎接重逢。至於楊弘念，不過是陰差陽錯，而在我生命裡勾留的人，我無法愛他更多。
飛機起飛了，我要離開威尼斯。
「妳以後打算怎樣？」良湄問我。
「我寫了自薦信去紐約給一位時裝設計師卡拉．西蒙，希望能跟她一起工作。我和楊弘念在紐約見過她，她很有才華，早晚會成為世界一流的設計師。不過，我還沒有收到她的回覆。」我一邊收拾東西一邊說，離開了一個月，家裡亂糟糟的。

「如果真的要去紐約，要去多久？」

「說不定的，我看最少也要兩、三年。放心，如果妳跟熊弼結婚的話，我一定會回來參加妳的婚禮。他拿了碩士學位之後打算怎樣？」

「他說想留在學校裡繼續研究。」

「他不是想做科學家吧？」

我真的擔心熊弼。良湄已經在社會上打滾三年了，她負責商業訴訟，每天面對的，是爾虞我詐、弱肉強食的世界。熊弼卻一直躲在實驗室裡，不知道外面的變化。

「有時我覺得他是一個拒絕長大的男人。」良湄說。

「長大有什麼好呢？長大了，就要面對很多痛苦。」我說。

「妳被楊弘念拋棄了，為什麼妳看來一點也不傷心？」

「我看來不傷心嗎？」

「妳絕對不像失戀，妳真的一點也不愛他。」

我不是沒有愛過楊弘念，我只是沒法讓他在我心裡長久地占著最重要的位置。

我把那件檸檬黃色雨衣從皮箱裡拿出來放進衣櫃。

「妳有一件這樣的雨衣嗎？為什麼我沒見過？很漂亮！」良湄把雨衣穿在身上。

「我自己縫的。」我說。

雨衣是那年為了讓文治在雨中看到我而縫的，我曾經站在他那輛機車旁邊痴痴地等他回來。

「我縫一件送給妳。」我說。

「我要跟這件一模一樣的。」良湄說。

那天，我為良湄縫雨衣時，縫紉機的皮帶忽然斷了。這部手動縫紉機是爸爸留下的，少說也有二十年歷史，雖然功能比不上電子縫紉機，但是我用慣了，反而喜歡。用手和雙腳去推動一部縫紉機，那種感覺才像在做衣服，尤其是寒夜裡，穿上文治送給我的那雙灰色的羊毛襪，來來回回踏在縫紉機的踏板上，彷彿在追尋一段往事。所以，我一直捨不得把它換掉。

會修理這種縫紉機的人已經很少，我到附近的修理店碰運氣。外面下著雨，我穿上雨衣走到街上，跑了好幾間修理店，他們都說不懂修理這種古老縫紉機。

最後，我跑到一間五金零件店找找有沒有縫紉機用的皮帶，如果有的話，說不定可以自己更換。

走進店裡，一個熟悉的背影正專心在貨架前找釘子。

睽違一年多，那是文治的背影，我站在他後面，不知道是否應該上前跟他相認還是應該離開。外面的雨愈下愈大，相認也不是，走也不是，時間一分一秒地過去，我站在他身後，像個傻瓜一樣佇立著。我們總是在雨中相逢，不是我們控制雨水，而是雨水控制我們。

「小姐，麻煩妳讓一讓，妳阻塞著通道。」店東不客氣地驚醒了我。

文治回頭，看到了我。

我們又重逢了，相認也不是，走也不是。

「很久不見了。」他先開口。

「你在買什麼？」我問他。

「買幾口釘子，家裡有一只櫃門鬆脫了。妳呢？」

「我那部縫紉機的皮帶斷了，我看看這裡有沒有那種皮帶。」

「這種地方不會有的，妳用的是手動縫紉機嗎？」

「是的，算是古董。」我笑說，「無法修理，就得再買一部新的，我已經找了好幾個地方。」

「我替妳看一看好嗎？」

「你會修理縫紉機嗎？」我驚訝。

「我家以前也有一部。」

「你現在有時間嗎？」

他笑著點頭：「如果妳願意冒這個險，不介意我可能弄壞妳的古董。」

「反正不能比現在更壞了。」我說。

「妳的縫紉機放在哪裡？」

「在家裡。」

「良湄說妳剛從威尼斯回來。」

「已經回來兩個星期了。外面正下雨，你有帶雨傘嗎？」

「我來的時候，只是毛毛雨，不要緊，走吧。」文治首先走出店外。

從威尼斯回來，本打算把房子重新收拾一下，所以雜物都堆成一個小山丘。

「對不起，沒有時間收拾。」我把雜物移開。

「看來只有把斷開的地方重新縫合。」他走到縫紉機前面仔細地研究。

「這樣的話，皮帶會短了一截。」

「所以要很費勁才能把皮帶放上去，妳一個女孩子不夠力氣的。」

我坐下來，把皮帶重新縫合，交給文治。

他花了很大氣力把皮帶重新安裝上去，雙手有兩道深深的皮帶痕。

「妳試試。」他說。

我坐在縫紉機前面踩著腳踏，縫紉機動了。

「行了。」我說。

「幸好沒有弄壞。」他笑說。

「我倒一杯茶給你。」我站起來說。

那個用雜物堆成的小山丘剛好塌下來，幾本相簿掉在文治腳下，文治替我拾起來。

「對不起。」我說。

「不要緊，我可不可以看看？」

「當然可以。」

我走進廚房為他倒一杯茶。我努力告訴自己，要用很平靜的心情來面對在我屋子裡的他。

我端著茶出去，文治拿著相簿，怔怔地望著我。

「什麼事？」我問他。

「這個是我！」他指著相簿裡的一張照片說。

那張黑白照片是我四歲時在灣仔一個公園裡拍攝的。我坐在鞦韆上，鞦韆架後面剛好有一個年紀比我大一點的男孩走上來拾起地上的皮球。

「這個是我！」文治指著照片中那個男孩說。

「是你？」

我仔細看看那個男孩。他蓄一個平頭，穿著一件印有超人圖案的T恤、短褲和一雙皮鞋，剛好抬頭望著鏡頭，大概是看到前面有人拍照吧。

他的眼睛、鼻子，愈看愈像文治。

「我也有一張照片，是穿著這身衣服拍的。」文治連忙從皮夾裡拿出一幀他兒時與爸爸媽媽一起在公園裡拍攝的照片給我看。照片中的他，身上的衣服跟我那張照片中的男孩子一樣。

「照片的背景也是這個公園。」文治興奮地說。

我難以置信地望著照片中的他。在一九八三年之前，我們早就見過了。一個拾皮球的男孩，在一個盪鞦韆的女孩身後走過，竟在差不多二十年後重逢。

我忽然明白，為什麼我一直毫無理由地等他回來，他本來就是我的。

「我以前常到這個公園玩。」文治說。

「我也是。」

他望著我，剎那之間，不知說什麼好。

候鳥回歸，但是一直在這裡的人，卻另有牽掛，重逢又怎樣？我們不可能相擁。

「茶涼了。」我說。

他接過我手上的茶杯。

「有沒有去探女朋友？」我故意這樣問他。

他果然給我弄得很難堪。

原來他還沒有離開她。

「我遲些可能會去紐約工作。」我告訴他。

「要去多久？」

「如果那位設計師肯聘用我的話，要去幾年，我正在等她的回覆。」

他惆悵地說：「希望妳成功。」

「謝謝。」

「我不打擾妳了，如果縫紉機再壞，妳找我來修理。」他放下茶杯說。

「好的。」我送他出去。

「再見。」

「謝謝。」

我目送他進入電梯，忽然想起外面正下著滂沱大雨，連忙走進屋裡，拿了一把雨傘追上去。

我跑到大廳，文治已經出去了。

「文治！」我叫住他。

他回頭，看到了在雨中趕上來的我，突然使勁地抱著我。

「不要走。」他在我耳邊說。

多少年來，我一直渴望他的擁抱，我捨不得驚醒他，捨不得不讓他抱，可是，他誤會了。

「我是拿雨傘來給你的。」我淒然說。
他這時才看到我手上的雨傘，知道自己誤會了，立刻放手。
「對不起。」他難堪地說。
「雨很大，拿著。」我把雨傘放在他手上。
「謝謝。」他接過我手上的雨傘。
「我回去了。」我說。
「再見。」他哀哀地說。
「謝謝。」我跑到大廈裡，看著他打著雨傘，落寞地走在路上。
「文治！」我再一次跑上去叫他。
他回頭望著我。
「這次我不是拿雨傘給你！」我撲進他懷裡。
「妳可以等我嗎？」他突然問我。
「我不介意——」我回答他。
「不。」他認真地說，「我不是要妳做第三者。我過去那邊跟她說清楚——」

我沒想到他願意這樣。

「我現在立刻回去電視臺請假，我這幾年來都沒有放假，應該沒問題的——」

「你不需要這樣做——」

「如果不需要這樣做，我也用不著等到現在。」他輕輕為我抹掉臉上的水珠，「我不想再後悔。答應我，不要走。」

我流著淚點頭。

「妳回家吧，我現在回去電視臺。」

我抱著相簿，一個人躲在屋裡，把我們兒時偶遇的照片拿出來，放在手上。我找到了一面放大鏡，仔細看清楚照片上的男孩。是的，他是文治，那雙令人信賴的眼睛，長大了也沒有改變。

一個鐘頭之後，我接到文治打來的電話。

「我已經拿到假期，明天坐最早的班機到舊金山。」

「你確定了要這樣做嗎？」我再三問他。

「確定了。」他堅定地說。

「你曾經愛過她嗎？」

「是的。」他坦白地承認

「我只是想告訴你，我也曾經愛過另一個人。」

「我知道。」

「不，你看到我和他在車上的時候，我們還沒有開始，那是後來的事。」

「妳還愛他嗎？」

「我們已經分開了，也許，我已經不是兩年多前在學校外面和你分手的那個人——」

「妳仍然是那個邋鞦韆的小女孩。」他溫柔地說。

如果可以，我只是想把那失去的兩年多的歲月找回來，但願生命從來沒有一個楊弘念。我能夠把最好的留給文治。

「今天晚上我要留在剪接室剪輯週日晚上播出的『新聞特寫』，本來很想跟妳見面——」他說。

「我等你——」

「不，我也許要忙到明天早上。」

「我明天來送機好嗎？」

「不是說不喜歡別離的嗎？」他在電話那邊問我。

「我們不是別離——」

不知是否很傻，我把兒時的照片通通拿出來，仔細看一遍，尤其是在那個公園裡拍的。我想看看文治會否出現在我另一張照片裡。

只有這一張，他闖進了我的生命。

第二天早上，我到機場送他。

「我只去兩天，跟她說完了就回來。」他告訴我。

我曾經埋怨他太婆媽，不肯離開一個他已經不愛的女人，他大可以打一通長途電話就跟她說清楚，但他選擇面對。我不介意當第三者，他卻不想欺騙任何人。

我還有什麼好埋怨呢？

「我到了那邊會打電話回來給妳。」他抱著我說。

我凝望著他，不忍說別離。

「你會回來的，是不是？」

「當然啦。」

「事情真的會那麼順利嗎？」

「妳不相信我嗎？」

「不是不相信你，而是世事總是有很多變數，如同明天的雨，不是你和我可以控制的。」

我不捨得讓他離開，我很害怕他不再回來。重逢的第二天，我就把他從手上放走，讓他回去那個女人身邊。她會不會不讓他走？他看到了她，會不會忘記了我？

「要進去了，我很快就回來。」他摩挲著我的臉說。

我輕輕地放手。

「再見。」他深深地吻我。

「文治——」我叫住他。

「什麼事？」他回頭問我。

「買一些玻璃珠回來給我好嗎？什麼顏色都好。」

「為什麼突然愛上玻璃珠？」他笑著問我。

「沒什麼原因的——」我說。

他跟我揮手道別。

我並沒有突然愛上玻璃珠，只是希望他記著我，希望他在旅途上記著他對我的承諾。

那璀璨繽紛，在掌心上滾動的玻璃珠，也像承諾一樣，令人動心。

「那個曹雪莉會答應他分手嗎？」良湄問我。

「我不知道。」

「如果我是妳，我會和他一起去。」

「太難堪了，好像脅持他去跟另一個女人分手。」

「萬一他見到她，突然心軟，開不了口，那怎麼辦？說不定她還會逼他結婚。」

「他不會騙我的，他不是那種人。如果他見到她就無法開口，那就證明他還是愛她，我霸著他也沒意思。」

「妳要知道，一個人不在妳身邊，也就是不在妳掌握之內。」

「又有什麼是在我們掌握之內？」我苦笑。

晚上，文治的長途電話打來了。

「我到了舊金山。」他告訴我。

「她知道你來了嗎？」

「我一會兒會打電話給她，明天就會過去。我後天會乘搭國泰二一六班機回來。」

「我來接你。」

我愉快地掛斷電話，我以為，兩天之後，一切都會變得很美好。

世事卻總是陰差陽錯。第二天，我從傍晚新聞報導中看到了舊金山大地震的消息。

芮氏規模六點九級大地震，持續了十五秒，奧克蘭橋公路整條塌下來，死亡枕藉，全市癱瘓。

為什麼偏偏要在這個時候發生？難道我和文治這輩子注定了只能夠擦身而過？

良湄的電話打來了，問我：「妳有沒有看到新聞？」

「現在應該怎麼辦？」我徬徨地問她。

「我找哥哥想辦法。」

良湄掛線之後，我撥電話到文治住的飯店，電話無論如何也接不通。

如果他能平安回來，我寧願把他讓給曹雪莉。我願意用一輩子的孤單來換取他的生命。那幸福餅裡的籤語不是說我永遠不會悲傷嗎？

「哥哥沒有曹雪莉在那邊的電話地址，他會找幾間大報社，看看她在哪一間報社工作，另外，他已經找了駐舊金山的記者想辦法。」良湄打電話來說。

方維志終於找到了曹雪莉家裡的地址和電話。她沒有上班，報社的人沒有她的消息。

我不能親自打電話給曹雪莉，萬一她接電話，我用什麼身分打給她？我只能叫良湄打給她。

「電話無論如何也接不通。」良湄說，「這幾天全城交通癱瘓，通訊設備也癱瘓了，看來不會那麼快有消息，另外——」她欲言又止。

「什麼事？」

「那位記者會追查死傷者名單。」

我忍不住嗚咽。為什麼我要跟他重逢？如果我們沒有重逢，他不會離開。

「只是循例這樣做。」良湄安慰我。

「我知道。」

「要我過來陪妳嗎？」

「不，我沒事，我等他電話好了。」

「那好吧，我會再嘗試打電話到曹雪莉家裡。」

剩下我，一個人在斗室裡，孤單地等一個不知道是否還在世上的男人打電話來。

我沒有跟他說再見，從來沒有，為什麼竟會再見不到他？我不甘心。

一天一夜，一點消息也沒有。

他承諾會帶一袋玻璃珠回來給我的。他是一個守諾言的男人，我知道。

我悲哀地蜷縮在床上，再看一遍我們兒時偶遇的那張照片。

葉散的時候，你明白歡聚。

我們不過歡聚片刻，我猶記得他肩膀上的餘溫。一場地震，就可以把我們二十多年的緣分毀掉嗎？

電話的鈴聲忽然響起，我連忙拿起話筒。

「蜻蜓，是我。」

是文治的聲音。

「你在哪裡？」我問他，「擔心死我了。」

「在舊金山，我沒事。」

他的聲音很沉重。

「是不是有什麼事發生？」

「雪莉和她家人的房子在地震中塌下來，她爸爸給壓死了，她雙腳受了傷，現在醫院裡。」

「傷勢嚴重嗎？」

「她雙腳打了石膏，要在醫院休養一段時間。」

「哦，是這樣。」

他沉默，我已經大概想到有什麼事情。

「對不起，她很傷心，我開不了口——」他說。

「不用說了，我明白。」

我突然覺得很荒謬，他差一點就是我的；一場地震，斷裂了我們的愛情，卻造就了他和另一個女人的傾城之戀。難道我和他這一輩子注定不能在一起嗎？命運在開我們的玩笑。

但是，他平安了，我還能要求些什麼？我不是許諾願意把他讓給她嗎？我不是承諾用一輩子的孤單換取他的生命嗎？我只能夠沉痛地遵守諾言。

「你好好照顧她吧。」我說。

他沉默。

我抱著話筒，祈求他說一句思念我的話，卻只聽到他沉重的呼吸聲。我多麼害怕從此再聽不到他的聲音，現在聽到了，卻不是我想聽的。

「長途電話費很貴啊。」我終於打破那可怕的死寂。與其聽他再說一遍對不起，不如由我來了斷。

「嗯。」他無可奈何地應了一聲。

「別這樣，不是你的錯。」我倒過來安慰他。

「掛線啦。」我說。

「再見。」他說。

「祝你永遠不要悲傷。」我強忍著淚說。

電視新聞播出地震後舊金山的面貌，整個市面，一片頹垣敗瓦，也埋沒了我的愛情。

幾天後，我收到從紐約寄來的信，卡拉．西蒙回覆說歡迎我和她一起工作，並問我什麼時候可以起程，她替我辦工作證。信末，她寫著這幾句：

「舊金山的大地震很恐怖，妳沒親人在那邊吧？」

是的，我連唯一的親人都沒有了。

到領事館辦理簽證手續的那天中午，我和良湄吃午飯。

「妳真的要去紐約？」

「都已經辦了工作證，何況這是一個很難得的機會，我一直想去紐約。」

「如果舊金山沒有地震，妳才不會去。」

「可是我沒能力阻止地震發生啊。」

「哥哥說，徐文治這幾天就會回來。」

「我過幾天就要走了，房子都已經退租。」

「我開始覺得他這個人有點婆媽——」

「這也許是我喜歡他的原因吧。這種男人，當妳青春不再，身體衰敗的時候，他也不會離開妳。」

「那楊弘念呢，他留在威尼斯之後，一直沒有回來嗎？」

「我沒有他的消息。」

「他很愛妳呢——」

「我知道。」

「為什麼妳不選擇他？他是妳第一個男人。」

「他變得太快了，他今天很愛妳，但妳不知道他明天還是否一樣愛妳。別的女人也許喜歡這種男人，但我是個沒安全感的女人。生活已經夠飄泊了，不想愛得那麼飄泊。」

「這次去紐約，要去多久？」

「不知道，也許兩、三年吧。」

「為什麼多麼決斷的男人，一旦夾在兩個女人之間，就立刻變得猶豫不決呢？」

「也許正因為他是好男人，才會猶豫不決吧。」

「那妳就不該離開，誰等到最後，就是勝利者。」

「如果要等到最後才得到一個男人，那又有什麼意思？我寧願做失敗者，雖然我也和楊弘念一樣，討厭失敗。」我苦笑，「房子退了，但有些東西我不會帶過去，可以放在妳那裡嗎？」

「當然可以。」

在家裡收拾東西的時候，不知道為什麼，我有一種感覺，這一次，我會離開很久。我不可以忍受等待一個男人抉擇。愛情不是一條選擇題。

這個時候，電話鈴聲響起。

「我回來了。」

是文治的聲音。

「我就在附近，可以出來見面嗎？」

「二十分鐘後，在樓下等吧。」我說。

我捨不得拒絕他，也許我再也見不到他。

他騎著機車來找我。

我跨上車，什麼也沒說，一股腦兒地抱著他的腰，臉緊貼著他的背脊。微風細雨，他在路上飛馳，他從沒試過開車開得這麼快，也許，在那飛躍的速度之中，他方可以自時間中抽離；也只有這樣，他才可以忘記痛苦，忘記現實，忘記他還有另外一個女人放不下。我緊緊地抓著他，沉醉在那淒絕的飛馳之中。

終於，他把車停下來了，即使多麼不願意，我們還是回到現實，自流曳的光陰中抽身而出。

「過兩天我要去紐約了。」我告訴他，「卡拉．西蒙答應讓我當她的助手。」

他沉默無聲。

「你為什麼不恭喜我？這是個很難得的機會。」我淒然說。

「對不起，我不能令妳留下來。」他黯然說。

「我本來就是個不安定的人。」我安慰他。

「這是我的錯——」

「不。你知道舊金山大地震時，我在想些什麼嗎？我願意用一切換取你的平安，我要守諾言。況且，你不是那種可以傷害兩個女人的男人。」

「妳是不是一定要走？」

「你聽過有一種蟲叫簑衣蟲嗎？簑衣蟲一輩子都生活在用樹葉製成的簑衣之中，足不出戶，肚子餓了就旋轉著吃樹葉。到了交配期，也只是從簑衣裡伸出頭及胸部，等雄蛾來，在簑衣裡交配，然後老死在農夫的簑衣裡。我不想做這一種蟲。」

「妳說討厭別離，卻總是要別離——」

他難過地凝視著我。

「我這一輩子也不會忘記你，如果天天跟你一起，日後也許會把你忘掉，這是別離的好處。在回憶裡，每個人都年輕，一切都是好的。」我哀哀地告訴他。

他用力地抱著我，我把下巴微微地擱在他的肩膀上。

「你知道嗎？我覺得能夠把下巴這樣擱在你的肩膀上是很幸福的。」

他把臉貼著我的臉。

「如果能夠成為你身體的一部分，你知道我想成為你哪一部分嗎？」

他搖頭。

「我想成為你的雙眼，那麼，我就可以看到你所看到的一切，也許我會更明白你所做的事。」我望著他說。

他使勁地抱著我，不肯放手。

「這樣下去，我會死的。」我喘著氣說。

他終於輕輕地放手。

「妳記得我還欠妳一樣東西嗎？」他從口袋裡拿出一袋湖水綠色的玻璃珠來。

我還以為他已經忘了。

「地震之後，還能買到玻璃珠嗎？」我愕然。

「我答應過妳的。」

我把玻璃珠放在手上，十二顆湖水綠色的玻璃珠裡，原來藏著十二面不同國家的國旗。

「希望將來妳設計的衣服能賣到這十二個國家。」

「謝謝你。」

他沮喪地望著我。

我跨上車，跟他說：「我想再坐一次你騎的車。」

他開動引擎，我從後面緊緊地抓著他，流著淚，再一次沉醉在那無聲的、悽愴的飛躍之中，忘了我們即將不會再見。

終於，是分手的時候了。

我跳下車，抹乾淚水，在昏黃的街燈下，抱著他送給我的玻璃珠。

「我希望將來有機會用這些玻璃珠製造一件晚裝。」我淒然說。

「那一定會很漂亮。」

「我來送機好嗎？」

「不是說不要再見嗎？祝你永遠不要悲傷。」我抱了他一下，依依地放手。

「妳這樣令我覺得自己很沒用。」他難過地說。

「沒用的是我。」我掩著臉，不讓自己哭。淚，卻不聽話地流下來。
「我回去啦！」我轉身跑進大廈裡，把他留在微風中。

離開香港前的一天，我約了良湄再去那間印度餐廳吃飯。
「妳還有心情吃東西嗎？」她問我。
「不，我只是想來占卜一下將來。」
那盤幸福餅送來了。
「我也要占卜一下。」良湄先拿一塊餅。餅裡的籤語是：
想把一個男人留在身邊，就要讓他知道，妳隨時可以離開他。
「說得太對了。」良湄說。
我閉上眼睛，抽了一塊。
「籤語是什麼？」良湄問我。
籤語是：
我們的愛和傷痛，是因世上只有一個他。

是的，只有一個他。

一九八九年十一月，我帶著在威尼斯買的和文治送給我的玻璃珠，一個人到了紐約。

卡拉．西蒙的工作室在第七街，我在格林威治村租了一間小房子，每天坐巴士去上班。

紐約和香港一樣，是個步伐急促的城市，人面模糊。我認識了一些朋友，週末晚上可以和他們共度。

卡拉跟楊弘念不同，楊弘念是個極端任性的人，卡拉卻是個很有紀律的設計師。她上午剛剛跟丈夫辦完離婚手續，下午就回到工作室繼續工作。回來之後，她只是淡淡地說：

「不用天天跟他吵架，以後可以專心工作——」

卡拉是很愛她丈夫的，他也是時裝設計師，兩個人一起熬出頭來，她聲名漸噪，遠遠拋離了他，他愛上了自己的女助手。

「關於成名，女人付的代價往往比男人要大。」卡拉說。

是的，每個女人都希望自己所愛的男人成名，但不是每個男人，也希望自己的女人成名。

在紐約半年，我沒有到過唐人街，我刻意不去知道關於香港的一切，可是，我並沒有因此忘記文治。每天晚上，我看著放在玻璃碗裡的、他送給我的十二顆有國旗的玻璃珠，這是我在冰冷的異鄉裡努力的因由。我做每一件衣服，都是為他而做的。

那天，在信箱裡，我收到良湄從香港寄來的信。

蜻蜓：

妳好嗎？

現在是香港的春天，本來想傳真給妳，但是我希望妳能看到我的字跡，這樣好像比較親切。

我的月經遲了兩個月沒有來，我很害怕有了身孕。那一刻，我才知道我多麼不願意替熊弼生孩子。

我曾經想過要懷著他的孩子。每個女人，在愛上一個男人時，都會有這種想法吧？當他壓在我身上時，我多麼希望我就這樣為他生一個孩子，孩子體內流著我和他的血。

許多年後的今天，我竟然不希望這件事發生。驗孕結果證實我沒有懷孕，我高興得一口氣去買了八套衣服。那一刻，我才發現，我已經不愛熊弼了。

良湄

ＰS.徐文治升職了，他現在是副總編輯，仍然有出鏡播報新聞。他還沒有跟曹雪莉結婚。我想，他仍然思念著妳。

時光流逝，我愈想忘記他，印象卻愈清晰。他有很多缺點，他猶豫不決，他沒勇氣，他沒有在適當的時候出現，當我如許孤單的時候，他不在我身邊。可是，因為他離我那麼遠，一切的缺點都可以忘記，只有思念抹不去。

復活節之前一個禮拜，我回到工作室，卡拉神秘地拉著我的手說：
「妳看誰來了？」
楊弘念從她的房間走出來。
在威尼斯分手以後，已經大半年沒有見過他了。他還是老樣子。
「很久不見了。」他說。
「你什麼時候來的？」
「昨天剛剛到，沒想到妳在這裡工作。」
「她很有天分。」卡拉稱讚我。
「當然，她是我教出來的。」楊弘念還是一貫的驕傲。
「你會在紐約留多久？」我問他。
「幾天吧。妳住在哪裡？」
「格林威治村。」
「那裡很不錯。」

「我住的房子已經很舊了。你什麼時候有空一起吃頓飯？」

「今天晚上好嗎？」

「今天晚上？沒問題。」

「到妳家裡，看看妳的老房子好嗎？」

「好的。」

晚上八點鐘，楊弘念來了，手上拿著一束紅玫瑰。

「給妳的。」

「你從來沒有送過花給我，謝謝。」我把玫瑰插在花瓶裡。

「要喝點什麼？」

「隨便吧。」

「你可不是什麼都肯喝的。」我從冰箱裡拿出一瓶「天國蜜桃」給他。

「謝謝。」他笑說。

「這些日子你去了哪裡？真沒想到會在紐約見到你——」

「是卡拉告訴我，妳在這裡的，我特地來看看妳。」

我愕了一下，我還以為他是路經此地。

「沒什麼的，只是想看看妳。」他補充說。

「謝謝你，我在這裡生活得很好。」

他拿起我放在案頭的相框，相框裡鑲著我兒時在公園盪鞦韆的那張照片。

「這是妳小時候的照片嗎？」

「嗯。」

「我從沒見過——」

他完全沒有察覺照片裡有一個拾皮球的男孩。除了我和文治之外，誰又會注意到呢？

「冷嗎？」我問他。我聽見他打了一個噴嚏。

「不——」

「紐約很冷，叫人吃不消。」我說。

我腳上依然穿著文治送給我的那一雙羊毛襪。

「這種羊毛襪，妳是不是有很多雙？」他問我。
「為什麼這樣問？」
「每逢冬天，我就看到妳穿這雙襪。」
「不，我只有這一雙——」
「那是不是有什麼特別的意義？」
「沒有，只是這一雙襪穿在腳上特別溫暖。」
我把晚餐端出來：「可以吃了。」
「妳在卡拉身上學到些什麼？」
我認真地想了一想，說：
「她的設計，看來很簡潔，但是每一個細節都做得很好，看著不怎麼樣，穿在身上卻是一流的。」
「妳還沒有學到。」他生氣地說。
我不太明白，我自問已經很用心向卡拉學習。
「妳要學的，是她的一雙手。」

「雙手？」

「她可以不畫圖樣、不裁紙版，就憑十隻指頭，把一幅滑溜溜的布料鋪在模特兒身上，直接裁出一件晚裝。」

「是嗎？」我愕然，我從沒見過卡拉這樣做。

「她出道的時候就是這樣。」

「很厲害！」我不得不說。

「最重要的，是妳的一雙手。」他捉著我雙手說，「要信雙手的感覺。妳要親手摸過自己做的衣服，一吋一吋地去摸，妳才知道那是不是一件好衣服。妳學不到這一點，跟著卡拉多少年也沒有用，她沒教妳嗎？」

我搖頭：「誰會像你那樣，什麼都教給我？」

我忽爾明白，他那樣無私地什麼都教給我，是因為他真的愛我。

「謝謝你。」我由衷地對他說。

「你已經有一年多沒有作品。」我關心他。

「我的靈感愈來愈枯竭——」他用手摩挲我的臉，情深地望著我。

「不要這樣——」我垂下頭。

他沮喪地站起來，拿起大衣離開。

「謝謝妳的晚飯。」

「你要去哪裡？」

「到處逛逛。」

「要不要我陪你去——」

「算是尊師重道嗎？」他冷笑。

我沒回答他。

「再見。」他說罷逕自離開。

他走了，我靜靜地看著自己雙手，我要相信自己雙手的感覺。當他捉著我雙手時，我沒有愛的感覺，也許不是沒有，而是太少，少得無法從掌心傳到身體每一部分。他擁有一切應該被一個女人愛著的條件，可是，卻遇上了我。是他的無奈，還是我的無奈？

他走了之後，沒有再回來。

一天，我從工作室回到家裡，發現門外放著一個精緻的籐籃，籃子裡有五隻復活蛋，還放滿了一雙雙羊毛襪，有紅色的、綠色的、藍色的、格子的。籃裡有一張卡，卡上寫著：

「籃子裡的羊毛襪都很暖，別老是穿著那一雙。復活節快樂。」

那是楊弘念的字跡，是用他那枝 Pantel 1.8cm 筆寫的。

他根本不明白我為什麼經常穿著那一雙襪。

我把籃子拿進屋裡，他還在紐約，不是說好要走的嗎？

以為他會出現，他偏偏沒有。到了夏天，還見不到他。他總是不辭而別。

九月中，收到良湄從香港寄來的信。

蜻蜓：

告訴妳一個好消息，律師事務所讓我成為合夥人，以後我可以拿到分紅。

熊弼在大學裡教書，他大概這一輩子都不會離開學校。

雖然已經不愛他，卻不知道怎樣開口，所以，我還是沒有開口。

我跟一個律師來往。妳一定會罵我的，他已經有女朋友，他也知道我有男朋友。也許這樣最好，誰也不欠誰。他在女朋友身上找不到的東西，在我身上找到；我在熊弼身上得不到的，也在他身上得到。因為沒有要求，我們很快樂。原來所有的煩惱都是來自要求，有要求，就有埋怨，有埋怨，就有痛苦。

熊弼對這件事一無所知，因為內疚，我對他比以前好了一點。我開始發覺，我是不會離開他的。即使將來我又愛上另一個人，我仍是離不開他。他是我的枕頭，是疲倦的時候的一點依靠，彼此相依太久了，早成習慣。愛情就是這一點可悲。

我開始佩服妳，妳竟然能夠一個人生活，竟然能夠首先退出。

以雅回來了，她說，跟哥哥分開了那麼多年，現在好像重新戀愛。

原來我是妳們之中最不忠貞的。

妳記得妳做了一件雨衣給我嗎？跟妳那件一模一樣的。

那天，我穿上雨衣，在中環走著的時侯，一個男人從後面跑上來叫我，我回頭，妳知道那個男人是誰嗎？是徐文治，他以為我是妳。

良湄

收到良湄的信之後兩天，楊弘念突然出現。

那天晚上，他拿著一束紅玫瑰來找我。

「你去了哪裡？」我問他。

「一直在紐約。」

「你在紐約幹什麼？」

「我就住在巴士站旁邊的房子。」

「什麼？」我嚇了一跳。我每天早上在巴士站等車，從不知道他就住在旁邊。

「你為什麼會住在這裡？」

「我喜歡可以每天看見妳在巴士站等車。」他深情地說。

「你為什麼要這樣做？」我哀哀地問他。

「我也不知道。妳的花瓶放在哪裡？我替妳把花插好。」

我把一個玻璃花瓶拿給他。

他在花瓶注了水，抓起一撮文治送給我的玻璃珠。

「你幹什麼？」我問他。

他把玻璃珠放在花瓶裡，說：「這樣比較好看，妳幹嘛這麼緊張？」

「沒什麼。」

「有沒有喝的？我很口渴。」

我在冰箱裡拿了一瓶「天國蜜桃」給他。

「妳一直為我預備這個嗎？」他乍驚還喜地問我。

「不，只是我也愛上了這種口味——」我淡淡地說。

他顯然有點兒失望。

他把那一瓶玫瑰插得很好看，放在飯桌上。

「我從來不知道你會插花。」我說。

「還有很多關於我的事情妳也不知道——」

「是的，譬如我不知道你為什麼忽然愛上紅玫瑰？以你的個性，你不會喜歡玫瑰，玫瑰畢竟是一種太普通的花，而且是紅玫瑰。」

「妳知道玫瑰為什麼是紅色的嗎？」

「難道是用血染紅的嗎？」我打趣地說。

「是用夜鶯的血染紅的。」

「夜鶯的血？」

「波斯有一則傳說，每當玫瑰花開時，夜鶯就開始歌唱，對它傾訴愛意，直至力竭聲嘶，痴醉玫瑰的芳香，隨即倒落於玫瑰樹枝下。

「當夜鶯知道玫瑰被阿拉真神封為花之女王時，牠非常高興，因而向吐露芬芳的玫瑰飛了過去，就在牠靠近玫瑰時，玫瑰的刺剛好刺中牠的胸口，鮮紅的血將花瓣染成紅色。

「如今波斯人仍然相信，每當夜鶯徹夜啼叫，就是紅玫瑰花開的時候。」他痴痴地望著我。

「夜鶯太笨了。」我說。

「所有愛情都是這樣吧，明知會流得一身血，還是挺起胸膛拍翼飛過去。」

我當然明白他的意思，我只是無法明白，他為什麼甘心情願化作那可憐的夜鶯。

他輕輕地摩挲我的臉，手停留在我的眼睛上。

「別這樣，有刺的。」

「我也不介意流血。我喜歡這樣撫摸妳的眼睛，我真想知道妳的瞳孔裡有沒有我。」

我忍不住掉下眼淚。

「別哭。」他抱著我。

為什麼會是他？

為什麼總是他？

難道他才是我廝守終生的人？在時間的洪流裡，在我們無法控制的光陰裡，浮向我生命的，就是他。

在寂寞的紐約，在寂寞的屋子裡，我再找不到理由拒絕這多情的夜鶯。

楊弘念仍舊住在巴士站旁邊的房子裡，我們再一次相依。他在洛杉磯有一爿以自己名字為名的時裝店，每星期他要飛去洛杉磯一次。每個星期，我們要分開兩至三天，這樣最好，他不在的時候，我會思念他。

他沒有再送我紅玫瑰，也許他已忘了自己曾化身夜鶯。男人就是這樣，得到了，又忘記了如何得到。

九〇年十二月平安夜那天，我獨個兒在屋裡，有人按門鈴。

我以為是楊弘念過來找我，站在門外的卻是文治。他拿著旅行袋，站在我面前，我差點不敢相信自己的眼睛。一年沒見了，竟然好像昨天才分手。

「是良湄把妳的地址告訴我的。」他微笑說。
「你剛下機嗎？」
他點頭：「聖誕快樂。」
「聖誕快樂。」我讓他進來。
「你為什麼會來紐約？」
他傻乎乎地欲言又止。
「妳就住在這裡？」他環顧我的房子。
「是的，外面很冷。要不要喝杯咖啡什麼？」
「謝謝。妳習慣紐約的生活嗎？」
「我很容易適應一個新地方。」
「我跟曹雪莉分手了。」他突然告訴我。
我愕了一下，為什麼他現在才跟她分手？為什麼不早一點？
「是誰提出的？」不知道為什麼，我很關心這一點。
「是她提出的。」

我很失望，曹雪莉不要他了，他才來找我。

「她愛上了別人嗎？」我問他。

「不。她爸爸在地震中死去，她自己也受了傷，也許這種打擊令她成熟了不少吧。我到過舊金山探望她一次，我們每個星期都有通電話，大家愈來愈像朋友，也愈來愈發現我們不可能走在一起。

「那天，在電話裡，她告訴我，那次地震的時候，她知道我為什麼去找她，她看得出我想跟她分手，但是當時她很傷心，她很自私地不想我離開她——」

「看來她還是愛你的——」

「妳會和我回去香港嗎？」他突然問我。

「你來就是說這句話？」

他茫然地望著我。

「為什麼你不早點來？我等了你這麼久，你現在才出現，你不覺得太遲嗎？」

「是不是情況不一樣了？」他難堪地問我。

「你以為我永遠在等你嗎？你以為你是誰？我要用我所有的青春來等你？我在這裡一年了，你為什麼現在才來找我？為什麼要等到她不要你，才輪到我？我最需要你的時候，你在哪裡？」我歇斯底里地質問他。

「對不起，我認為先把我和她之間的事解決了，對妳比較公平，否則我說什麼也是沒用的。」

我氣得罵他：「你不是男人來的！所有男人都可以一腳踏兩船！」

我不知道我為什麼這樣罵他，他是一個好男人，他不想欺騙任何人，我卻恨他不騙我。他早就不該告訴我他有女朋友，他該把我騙上床，然後才告訴我。

他望著我，不知說什麼好。也許，他千里而來，是希望看到我笑，希望我倒在他的懷裡，跟他回去，沒想到換來的，卻是我的埋怨。

「妳說得對，我不是個男人，我也沒權要求妳無止境地等我。」他難過地說。

我咬著唇：「是的，你沒權這樣浪費一個女人的青春。」

「我只是希望妳和我一起回去。」他以近乎哀求的語調跟我說。

「如果時鐘倒轉來行走，我就跟你回去。」我狠心地說。

他站在那裡，紅了眼眶，說：

「對不起，我沒法令時鐘可以倒轉來行走，是我沒用。」

「我也不可以。」我淒然說。

「希望妳幸福——」他傷心地說。

「謝謝你。」

「再見——」

「珍重。」

我站在窗前，看著他，拿著行李，孤單地走在街上。四處張燈結綵，他是特意來和我共度聖誕的吧？他準備了最好的聖誕禮物給我，可是這份禮物來得太遲了。

為什麼光陰不可以倒流？只要他早三個月出現，我就可以跟他回去。

我不能這樣對楊弘念，我不能那樣無情地對待一個愛我的人。我害怕將來我所愛的人，也會這樣對我。

他走了，也許不會再回來。

楊弘念抬了一株聖誕樹過來。

「這是妳在紐約過的第一個聖誕節吧？」他問我。

「不，是第二個。」我說，「不過卻是第一個家裡有聖誕樹的聖誕節。」

我用一塊銀色的布把整株聖誕樹罩著。

「妳幹什麼？」他問我。

「這樣看來比較漂亮。」我任性地說。

「妳沒什麼吧？」楊弘念溫柔地抱著我。

「沒什麼。」

「妳有沒有想念香港？」他問我。

「為什麼這樣問？」

「我忽然有點想念那個地方。要不要回去？」

「不。」我堅決地說。

遠處傳來聖誕的音樂。

他用手揉我的眼睛，揉到了我的淚水。

「妳在哭嗎？」

「音樂很動人。」我撒了一個謊。

文治不一定能夠立刻買到機票回去香港，說不定他還在機場，孤單地等下一班機。

兩天後，我打了一通電話給良湄。

「不告訴妳，只是想妳驚喜一下，文治也是，我們希望妳有一個難忘的聖誕節。」她說。

我太久沒寫信給她了，沒告訴她，楊弘念又回到我身邊。

「那怎麼辦？」良湄問我。

「他有找妳嗎？」

「他還沒回來呀，在電視上看不到他。」

「不可能的，他兩天前已經走了。」

「那麼，他也許躲在家裡吧。」

一天之後，楊弘念要去洛杉磯，我送他到甘迺迪機場。

在巴士上，他問我：「為什麼突然要送機？妳從來不送我機的。」

「不是做每一件事都有原因的。」我淡淡地說。

在機場送別了楊弘念，我到處去找文治，他不可能還留在紐約的。即使他在機場，也不一定就在甘迺迪機場。

雖然那樣渺茫，我卻努力地尋找他。

告示牌上打出往香港的班機最後召集。

我立刻飛奔到登機閘口，一個人在後面輕輕拍我的肩膀，我興奮地回頭，站在我跟前的，卻是楊弘念。我給他嚇了一跳。

「妳在這裡找誰？」他陰沉地問我。

「你不是已經登機了嗎？」我立刻以另一條問題堵截他的問題。我是一個多麼差勁的人。

「飛機的引擎出了問題，我改搭下一班機。」

「哦，是嗎？」我失神地說。

「妳在找人嗎？」

我再無法避開他的問題。他剛才一定看到了我回頭那一刻，表情是多麼的高興，我以為輕拍我肩膀的，是文治。

「不是的，我只是想在這裡隨便逛逛。」我說。

「機場有什麼好逛呢？」他微笑說。

我這才鬆了一口氣。

「要我陪你等下一班機嗎？」我問他。

「不，下一班機一小時後就出發，我要進去了。」他輕輕地吻了我一下。

往香港的那班機大概已經起飛了，我只好獨自回家。

兩天後，良湄打電話給我說：

「徐文治回來了，我在新聞報導裡看到他，樣子很憔悴呢。」

「他什麼時候回來的？」

「昨天。我打過電話給他，他說這幾天都在甘迺迪機場裡，大概是懲罰自己吧。」

他的確是坐那班機離開的。為什麼生命總是陰差陽錯，失之交臂？

我整天望著手上的浮塵子鐘，分針怎麼可能倒轉行走呢？

晚上，楊弘念從洛杉磯打電話回來給我。他從來不會在洛杉磯打電話給我，尤其工作的時候。按時打電話給女朋友，從來不是他的習慣。

「什麼事？」我問他。

「我想知道妳是不是在家裡。」

「我當然在家裡。」

「那沒事了。」

「你打電話來就是問這個問題？」我奇怪。

「我想聽聽妳的聲音。」他說。

自從文治來過之後，他就變得很古怪。

幾天之後，他從洛杉磯回來，一踏進門口，就抱著我不肯放手，問我：

「妳有沒有掛念我？」

我該怎麼回答他？我的確沒有掛念他。

我吻了他一下，用一個差勁的吻來堵塞他的問題。

十分的酸和一分的甜

愛情有十分的酸，一分的甜，沒有那十分的酸，怎見得那一分的甜有多甜？
原來，我們不過在追求那一分的甜。
我們吃那麼多苦，只為嘗一分的甜。只有傻瓜才會這樣做。

放棄文治，本來是為了楊弘念，可是我卻抗拒他，好像在埋怨他使我無法選擇我真正喜歡的人。我為自己所做的事慚愧，餘下的日子，我努力對他好一點。

九一年三月，他生日那天，我耗盡所有的錢，買了一輛日本房車給他。早上，我請人把車停在他門外，然後我裝著沒帶門匙，按門鈴引他出來。

「生日快樂！那是你的。」我指指那輛車。

「妳為什麼送這麼貴重的禮物給我？」

他沒有像我預期那樣高興。

「想你開心一下，喜歡嗎？」我把車匙放在他手上。

「喜歡。」他淡淡地說。

「你不過去試試看？我們現在去兜風。」

「這個時候很塞車的，改天吧。」

「你是不是不喜歡這份禮物？」

「不，我很喜歡。」他摸著我的臉說，「我明天要去洛杉磯。」

「不是下星期才去嗎？」

「我想早一點去。」

「我明天去送你機好嗎？」我用雙手去揉他的頭髮、臉、眼睛、鼻子、嘴唇、耳朵和脖子。他教我，要相信自己雙手的感覺。可是，我對他的感覺愈來愈微弱。

第二天中午，我送他到機場，他比平時多帶了一箱行李。

「你這次為什麼帶那麼多行李？」在機場巴士上，我問他。

他閉上眼睛，沒有回答我。

我早已習慣他這樣鬧情緒。

到了機場禁區，正要入閘時，他忽然跟我說：

「那房子我已經退租了。這次去洛杉磯，我會逗留一段日子。」

「什麼意思？」我愕然。

「那個播報新聞的，來找過妳吧？」

我嚇了一跳，他怎麼知道的？

「平安夜那天我看著他走進妳的房子，又從裡面出來。我認得他，我不是說過我是他的影迷嗎？」

「是的，他來過，那又怎樣？他已經走了。」

「妳時常穿著的那雙羊毛襪，就是他送的，對不對？」

我沒回答他。

「我猜中了。」他得意地說。

「你想說些什麼？」

「自從他來過之後，妳就不一樣了。」

「我不會回香港的。」

「妳的心卻不在這裡。買那麼貴重的禮物給我，是因為內疚吧？」

我無言以對。

「妳以為我需要妳施捨嗎？」他冷笑，「我才不稀罕妳的內疚。」

他把車匙塞在我手上，說：「我曾經給妳機會。那輛車，我一點也不喜歡，妳自己留著吧。」

「我不會開車。」我倔強地說。

「我也不會開車。」

我愣住了。

「我什麼時候告訴過妳，我會開車？這麼多年了，妳連我會不會開車也不知道，妳只是要選一份妳所能負擔的、最昂貴的禮物來矇騙妳自己妳很愛我。妳騙不倒我的，妳忘了我是妳師父嗎？」

我慚愧得無地自容。

他用手揉我的眼睛，說：「妳知道嗎？妳有一雙很漂亮的眼睛，它最漂亮之處是不會說謊。世上最無法掩飾的，是你不愛一個人的時候的那種眼神。」

我難過地垂下眼瞼。

「再見。」他撇下我，頭也不回，走進禁區。

是的，我忘了，他是我師父，他總能夠看穿我。

離開機場，我又變成孤零零的一個人。

那輛車，我賣給了卡拉的朋友。一個星期之後，即是九一年的四月，我從紐約回到香港。

良湄說好來接我機。從機場禁區走出來，兩旁擠滿了來接機的人，我看不到良湄。人群中，我看到一張熟悉的臉，是文治。

他上前，靦腆地說：「妳好嗎？」

「我們又見面了。」我唏噓地說。

他替我拿行李，「良湄說她不能來。」

「我說好了暫時住在她家裡。」

「我帶妳去——」

我們坐計程車，到了灣仔一幢大廈外面。

「她搬了家嗎？」我奇怪。

文治笑著不說話，帶我到十二樓一個單位門前。他掏出鑰匙開門。

一進門口，我就看到兩個約莫三呎多高的玻璃花瓶裡裝滿了七彩的玻璃珠。

「妳走了以後，我每天都買一些玻璃珠回來，到外地工作時，又買一些，就買了這許多。」他說，「希望有一天妳能看到。」

我撿起一顆玻璃珠，放在燈光下，晶瑩的玻璃珠裡有一株鋸齒狀的小草。

「這是什麼草？」我問文治。

「這是我在英國買回來的，裡面藏著的是蓍草。」

「蓍草？」

「九月的歐洲，遍地野花，暮色蒼茫中，人們愛在回家的路上俯身採摘幾朵蓍草開出的白色小花，帶回去藏在枕頭底下。英國一首民謠說：

再見，漂亮的蓍草，

向你道三次再見，

但願明天天亮前，

會跟我的戀人相見。

「有一個傳說，對蓍草說三次再見，就能夠重遇自己喜歡的人。」他微笑說，「我試過了，是真的靈驗。」

「妳來看看。」他帶我到其中一個房間，我放在良湄家裡的縫紉機和其他的東西，都在那裡。

「這間房子是誰的？」我禁不住問他。

「是去年買的，希望妳有一天能回來。」

「你怎麼知道我會回來？」我哽咽著問他。

「我並不知道妳會回來，我以為妳永遠不會回來，妳說分針倒轉來行走，妳才會回來。」

我拿出口袋裡的浮塵子鐘，用手調校，使分針倒轉來行走。

「我是不是自欺欺人？」我問他。

「不。」他緊緊地抱著我，再一次，我貼著他的肩膀，重溫那久違了的溫暖。他的肩膀，好像開出了一朵小白花，只要向它道三次再見，我就能夠跟戀人相見。

「妳願意住在這裡嗎？」他問我，「不要再四處飄泊。」

「你不是說希望我設計的衣服在十二個國家也能買得到嗎？」

「在香港也可以做得到的。」

我用手去揉他的臉、頭髮、鼻子、嘴唇、耳朵和脖子。
「妳幹什麼？」他笑著問我。
楊弘念說，要相信自己雙手的感覺。我能夠感覺到我愛的是這個人，我雙手捨不得離開他那張臉。
他捉著我的手，問我：「妳沒事吧？」
「我喜歡這樣撫摸你。」我說，「你的眼袋比以前厲害了。」
他苦笑。
「嫁給我好嗎？」他抱著我說。
我搖頭。
「為什麼？」他失望地問我。
「這一切都不太真實，我需要一點時間來相信。」
也許，每個女人都希望生命中有一個楊弘念、一個徐文治。
一個是無法觸摸的男人，一個腳踏實地。一個被妳傷害，為妳受苦，另一個讓妳傷心。一個只適宜做情人，另一個卻可以長相廝守。一個是火，燃燒生命，一個是水，滋養生命。女人可以沒有火，卻不能沒有水。

回來的第二天，我跟良湄見面。她改變了很多。一個人，首先改變的，往往是眼睛。她那雙眼，從前很明澈，無憂無慮，今天，卻多了一份悲傷。

「因為我有一個拒絕長大的男朋友。」她說。

「妳跟那個律師怎麼樣？」

「分手了。」她黯然說。

「為什麼？」

「他根本不愛我。」

「妳愛他嗎？」

她苦笑搖頭：「情慾有盡時，大家不再需要對方，就很自然地完了。只有愛，沒有盡頭。」

「妳還是愛熊弼的。」

她搖頭：「我一定可以找到一個比他更好的。」

我失笑。

「妳笑什麼？」她問我。

「也許每個女人身邊都無可奈何地放著一個熊貓。妳不是對他沒有感情，妳不是沒想過嫁給他，偏偏他又好像不是最好的，妳不甘心，尋尋覓覓，要找一個比他好的，彷彿這樣才像活過一場。時日漸遠，回頭再看，竟然還是只有他——」

「我不是說過他是我用慣了的枕頭嗎？用他來墊著我，總是好的。」

「我真的不敢相信他什麼也不知道。他連一點蛛絲馬跡也看不出來嗎？」

「他的實驗室就是他的世界。別提他了，妳有什麼打算？」

「我想開設自己的時裝店，不過手上的資金不是太多，也許只能在商場找一個兩、三百呎的鋪位，賣自己的設計。」

「我有一個客戶在尖沙咀擁有幾個商場，我替妳找鋪位吧，而且我可以請他把租金算得便宜一點。」

「真的？謝謝妳。」

「客源妳也不用擔心，律師會裡有很多女律師都是我的朋友，婦女會裡也有不少闊太，她們經常去舞會，很需要找人設計晚裝。」

「妳的關係網真厲害！」

「沒辦法啦，好歹也要應酬那些女人，她們的丈夫都是我的客戶和上司。這些人花得起錢，但是都很挑剔，我看妳選的鋪位，地點也不能太差。」

「嗯。」

「我還有一些公關界和新聞界的朋友，我可以找他們幫忙宣傳一下，在香港，宣傳很重要的。」

「妳好像我的經理人。」我笑說。

「好呀！妳跟隨的都是名師，我一點也不擔心妳沒生意。」

「看來我應該找妳當合夥人。」

「我只要一輩子免費穿妳的設計。」她笑說。

良湄在尖沙咀一個鄰近飯店的商場替我找到一個鋪位。我請了一個女孩子當售貨員。除了替人設計晚裝，店裡就賣我的設計。

文治有空的時候，就替我拿布料、送貨，替我管帳。為了方便搬運布疋，他把機車賣掉，換了一輛小房車。

從紐約回來之後的那四年，是我們過得最快樂的日子。我是個沒條理的人，家裡的東西亂放，他卻是個井井有條的人，雖然時常會因此吵架，卻使我更深信，他是和我廝守的人，只有他，可以照顧我。

時裝店的生意很好，九五年初，我們遷到商場裡一個比原本那個鋪位大五倍的鋪位，也請了幾個新的職員，還有專業的會計師，文治不用再花時間幫我。因為替一些名流太太設計晚裝，她們時常向傳媒提及我，我有了一點點知名度，但是我也從此放棄了替人訂做晚裝，我實在不喜歡那種生涯，我希望我的設計能穿在更多人的身上。店裡開始售賣成衣。

文治的處境有些不同。方維志離開電視臺自組公關公司，他邀請文治合夥，但文治還是喜歡當新聞編輯，他拒絕了。

九月中，一份財力龐大的新報紙開始籌備，邀請他過去當總編輯，薪水是他目前的兩倍。電視臺挽留他，只是加薪百分之五十，文治還是留下來了。

「你為什麼不走？這是好機會，是你兩倍的月薪。」我說。

「單單為錢而做一個決定，我會看不起自己。」他說。

「即使不為錢，也應該出去闖闖，你在電視臺已經那麼多年了。」

「就是因為那麼多年，所以有感情。」他堅持。

我不再勸他，我知道他不會改變，他是個重情義的人，有時候我會埋怨他太重情義，可是，這種男人，卻是最可靠的。

結果，他的一個同學當上了那份報紙的總編輯，那份報紙推出之後，空前成功。

當日挽留文治在電視臺的那位主管卻因為權力鬥爭，黯然引退。新來的主管，跟文治不太合得來，而且他也有自己的親信。

在他不如意的日子，我卻要到日本辦我的第一場時裝表演。這次是香港貿易發展局主辦的，我成為香港其中一位代表的時裝設計師，而且可以在日本推廣我的設計，是一個非常難得的機會，我不能不去。

那天早上，文治開車送我到機場，他一直沒怎麼說話。

「到了日本，我打電話回來給你。」

「妳專心工作吧，不要分心，這次演出很重要的，是妳第一次在香港以外舉辦時裝表演。」

我輕撫他的臉。

「什麼事？」他問我。

「如果工作得不開心，不如辭職吧。」

「我有很多理由可以離開，也有很多理由留下。我一走了，我那組的記者，日子更難過，有我在的話，我會力爭到底。」

「我打電話給你。」登機前，我匆匆跟他吻別。

在東京，我的設計獲得很好的評價，還接到一批訂單，回到飯店，我立刻打電話給文治，把這個好消息告訴他。

「恭喜妳。」他說。

他說話很慢，好像喝了酒。

「你沒事吧？」我問他。
「沒事。」
「我很擔心你——」
他失笑：「傻瓜，一直以來，也是我擔心妳——」
「那你為什麼要喝酒？」
「因為妳不在我身邊——」
「我很快就回來。」我像哄小孩一樣哄他。
「蜻蜓，嫁給我好嗎？我害怕妳會離開我。」他情深地說。
「我為什麼會離開你？」他沉默無話。
「我不會的，除非你要我走——」
這個我深深地愛著的男人，從來不曾像這一晚，脆弱得像一個孩子，我真的開始擔心他。從日本回來，他沒有再向我求婚。如果我當時嫁給了他，過著我曾經幻想過的、幸福的日子，也許，我們從此就不會分開。

那天，方維志的公關公司喬遷之喜，我和文治一同出席酒會。

方維志的生意做得有聲有色，我正需要一間公關公司替我推廣和擔任我的顧問，順理成章，我也成了他們的客戶。

「妳看！」方維志拿了一本我做封面的本地女性雜誌給我看，「今天剛出版，照片拍得很不錯。」

「對呀，」高以雅說，「他們說妳是本地最漂亮的時裝設計師。」

「你女朋友現在是名人了！」方維志取笑文治，「以後要看牢她，別讓其他人把她搶走。」

文治看看我，笑了一笑。

如果我真的成功，他的功勞怎能埋沒？沒有了愛情，沒有了他的鼓勵，我什麼也不能做。

這一天，我也見到熊弼。他不太習慣這種場面，良湄四處招呼朋友，他卻站在一角自顧自地吃東西。

「怎麼啦？科學家。」我調侃他。

「恭喜妳，良湄說妳的發展很好。」他謙虛地說。

「全靠她幫了我一大把，她的發展也很好呀。」

「她是個很聰明的女孩子——」

不知道為什麼，我覺得他說這話時，表情是悲傷的。

「你和良湄在一起都有十年吧？」

「她常說我這十年沒有長大過。」

「那不是很好嗎？至少沒有老。我們天天在外頭掙扎，老得很快的，真的不想長大。」

「長大是很痛苦的。」他幽幽地說。

「你們在說些什麼？」良湄走過來問我們。

熊弼把手輕輕放在她的肩膀上，她的身子靠著他。是的，他是她的枕頭，不是羽毛做的，不是棉花製的，而是茶葉製的枕頭。這種枕頭永遠不會衰老，不需更換，用久了，失去了茶葉的香味，只要放在陽光下，曬一曬，又重新嗅到茶葉香。良湄這天之前才告訴我，一個任職廣告界的男人正熱烈地追求她。

「你不是說要回去開會嗎？」良湄問他。
他看看手錶：「是的，我走了。」
「再見。」他微笑著，輕輕跟我揮手，像個小孩子那樣。
「妳的茶葉枕頭走了。」我取笑良湄。
文治不是我的茶葉枕頭，他是我睡一輩子的床。
這一刻，文治一個人站在一角，像一個局外人一樣。
「如果文治當天和我哥哥一起離開電視臺，說不定比現在好呢。」良湄說。
「他現在也很好，他喜歡這份工作。」我立刻維護他。
「現在播報新聞那個男人長得很帥呀！」高以雅跟文治說。
「是的，聽說藝員部也找他去試鏡。」文治說。
「我還是喜歡看文治播報新聞，帥有什麼用？」方維志搭著文治的肩頭說，「最緊要是可信。」
我微笑望著文治，他在微笑中，顯得很失落。

一起回家的路上，我問他：

「你是不是後悔自己做過的一些決定？」

「妳說的是哪些決定？對於妳，我沒有後悔。」

「我是說工作上的。」

「沒有。」

他說過，男人總是放不下尊嚴，礙於尊嚴，他在最親密的人面前，也不會承認自己做錯了某些決定，但是，他忘了，我總能夠看出他的失落。他在電視臺工作得不如意，新人湧現，他失去獨當一面的優勢，他愈不離開一個地方，愈再難離開一個地方。如同你愈不離開一個人，也愈難離開他。

「你永遠是最出色的——」我握著他的手說。

「謝謝妳。」

回到家裡，我忙著收拾，三百多呎的房子已經愈來愈不夠用了。

「我們換一間大一點的屋好嗎？」

「為什麼？」

「我們的東西愈來愈多了。」

「我手上的錢不是太足夠。」

「我有嘛！」

「不可以用妳的錢。」

「為什麼不可以？」

「總之不可以。」

「是誰的錢有什麼關係？」我跟他爭辯。

「不要再說了。」他堅持。

幾天之後，良湄打電話給我，說：

「我剛剛去看房子，在灣仔半山，環境很不錯，我已決定要一間，我樓上還有一個單位，妳有沒有興趣？」

「妳為什麼要買房子了？」

「自己住嘛，又可以用來投資，面積不是太大，約九百呎吧。妳也該買些物業保值，錢放在銀行裡會貶值的，妳不是說現在不夠地方用嗎？」

「我跟文治商量過了，他不贊成。」

「那房子真的很漂亮，是我一個客戶的，裝修得很雅致，妳一定喜歡的，如果妳也買一間，我們就是鄰居，妳去說服徐文治吧。」

「他不會答應的。」

「那妳就別告訴他，怎麼樣？現在樓價每天都在升呢，妳要快點決定。」

「現在可以去看看嗎？」

「當然可以。」

我瞞著文治去看房子，誰知一看就喜歡得不得了。

「妳先買了再告訴他吧。」良湄說。

兩個月後就可以搬過去，我一直盤算著怎樣告訴文治。我愈拖延，就愈不知道該怎樣說。終於，在我要出發到巴黎開一個小型的個人時裝展前夕，我跟他說了。

那天晚上，他特地跟同事調了班陪我在外面吃晚飯。我們去吃印度菜。女服務生又送來了一盤幸福餅。

我拿了一塊，裡面的籤語是：

人能夠飛向未來，卻不能回到過去。

「人能夠飛向未來嗎？」我問文治。

「只要發明比光速快的交通工具，人類理論上是可以飛向未來的。」

「根本不可能有比光速快的交通工具。」

「但是人，一定不能夠回到過去，時鐘不會倒轉來行走，除了妳那一個。」

他笑說。

「你抽一塊嘛。」我說。

他拿了一塊，裡面的籤語是：

年少時，滿懷夢想與憧憬，為何你忘了？

「這句是什麼意思？」我問他。

「也許要將來才知道。」他苦笑。

「我有一件事情想告訴你，但你不要生氣。」

「什麼事？」他笑著問我。

「你要先答應不能生氣。」

「好吧。」

「我買了房子。」我戰戰兢兢地說。

他的臉色立刻沉下來。

「是良湄叫我買的，她買了同一幢大廈另一個單位，房子在灣仔半山，九百多呎，有個房間，很漂亮。」

「妳什麼時候買的？」

「一個多月前——」

「妳現在才告訴我？」他生氣地說。

「你答應不會生氣的。」

「妳是不是要自己搬出去？」

「當然是和你一起搬——」

「我不會搬過去的。」他斬釘截鐵地說。

「為什麼？為什麼你一定要分你我？」

「我知道妳現在賺錢比我多，但我不會花妳的錢。」

「你為什麼這樣固執？」我開始生氣。

「妳為什麼沒有想過我的感受？」他從公事包裡拿出一份文件放在我面前，「我今天剛從人事部拿了一份職員買房子的低息貸款計畫書，看看可不可以向公司借錢換一間大一點的房子，妳已經自己買了。」

我看著那份文件，心裡很內疚。

「你拿了電視臺的低息貸款，幾年內也不能離職，會給人家看扁你的，你寧願這樣也不肯用我的錢嗎？」我企圖說服他。

「我們之間的距離愈來愈遠了，妳已經不再需要我。」他站起來，哀哀地說。

「誰說的？」我哽咽。

「是現實告訴我的。」

他撇下我在餐廳裡，我追出去。

「你不守諾言，答應過不會生氣的。」

「我們分手吧。」他冷漠地說。

「你說什麼？」我不敢相信自己的耳朵。

「妳會有很輝煌的成就，我只會阻礙妳發展——」

「不會的。你不是也替我高興的嗎？」

「是的，看到妳發展得那麼好，我很替妳高興，妳是我愛的人，妳有成就，我也覺得光榮，甚至有時候，我也覺得我有一點貢獻。」

「你是我所有創作的動力，你為什麼不了解我？我一直以你為榮。」

「我們再在一起的話，我只會成為妳的絆腳石。我走了，妳以後不必理會我的喜惡，可以做自己喜歡的事。」

「你真的這樣想嗎？」

他淒然點頭。

「我明天就要去巴黎了，你就不能好好的跟我談一談嗎？」

「對不起，我做不到。」

他撇下我在街上。

我一個人回到那無人的房子。

我當天為誰回來？

我為了誰而要成名？

但是我竟然失去了他。

我努力，好使自己活得燦爛，配得起他，我要勝過他以前的女人。他卻不能理解我為他所做的。

天亮了，他還沒有回來。

我下午就要離開，他竟然那麼殘忍不回來見我。

我拿著行李到機場，希望他在最後一刻跑來，可是，我見不到他。

我從巴黎打電話回來，家裡沒人接電話。曾經，我不也是一個人在巴黎嗎？那個時候，我在這裡惦念著他，他打長途電話來安慰受到挫敗的我，溫柔的關懷，耳邊的叮嚀，仍然在心中，那些日子為什麼不再回來？

巴黎的時裝展結束後，當地一本權威的時裝雜誌總編輯歌迪亞建議我在巴黎開店。

「我可以嗎？」我受寵若驚。

「已經有幾位日本設計師在巴黎開店，妳的設計不比他們遜色。當然，如果真的打算在巴黎發展，就要花多些時間在這裡。」

「我考慮一下。」

「香港的事業放不下嗎？這可是個好機會，別忘了這裡是歐洲，很多人也想在巴黎開店。」

「放不下的，不是事業，是人。」我說。

「是的，放不下的，通常都是人。我們放下尊嚴、放下個性、放下固執，都只因為放不下一個人。」

「有一個人放不下，活著才有意思。」我說。

說這句話的時候，我卻沒有把握能夠再和文治在一起。

從巴黎回來，踏出機場，我看到他羞澀地站在一角等我。我衝上去，緊緊地抱著他。

「對不起。」他在我耳邊說。

「我以為你以後再也不理我。」

「我做不到。」

「和我一起搬過去好嗎？如果你不去，我也不去。」

他終於點頭。

搬到新屋以後，良湄就住在我們樓下，熊弼仍然住在大學的教職員宿舍，偶爾才在良湄家裡過夜。良湄也不是時常在家裡的，她有時候在傅傳孝家裡過夜。傅傳孝是廣告公司的創作總監，我見過他幾次，良湄好像真的愛上了他。傅傳孝也是有女朋友的。

我無法理解這種男女關係，既然大家相愛，那何不回去了結原本那段情？為什麼偏偏要帶著罪疚去欺騙和背叛那個愛你的人？

「因為我愛著的，是兩個完全不同的男人，妳不是也說過，每個女人生命裡，都應該有一個楊弘念，一個徐文治嗎？」良湄說。

「但我不會同時愛著他們。」

「沒有一種愛不是帶著罪疚的。罪疚愈大，愛得愈深。徐文治對妳的愛，難道不是帶著罪疚嗎？」

「有罪疚不一定有愛，許多男人都是帶著罪疚離開女人的。」我說。

「那是因為他對另一個人的罪疚更深。」

「文治為什麼要對我覺得罪疚？」

「他覺得他累妳在外面飄泊了好幾年，如果他能夠勇敢一點，如果不是那次地震，妳就不會一個女孩子孤零零去紐約，這是他跟哥哥說的。」

那天晚上，我特地下廚弄了一客義大利檸檬飯給文治，這個飯是我在義大利學到的。

「好吃嗎？」

「很香。」他吃得津津有味，「為什麼突然下廚，妳的工作不是很忙嗎？」

「因為我想謝謝你——」

「為什麼要謝謝我？」

「謝謝你愛我——」我從後面抱著他，「如果沒有了你，我的日子不知怎麼過。」

「也許過得更自由——」

「我才不要。」

這個時候，傳真機傳來一封信。

「會不會是給我的？」他問。

「我去拿。」

信是歌迪亞從巴黎傳真來的，她問我到巴黎開店的事考慮過沒有？她說，想替我做一個專訪。

「是誰的？」文治問。

「沒用的。」我隨手把信擱在飯桌上，「我去廚房看看檸檬派焗好了沒有？」

「妳要到巴黎開店嗎？」他拿著那張傳真問我。

「我不打算去。」我說。

「這是千載難逢的機會。」

「我沒時間——」我把檸檬派放在碟子上，「出去吃甜品吧。」

「真的是因為沒時間嗎？」

「我不想離開你，這個理由是不是更充分？」我摸摸他的臉。

「妳不要再為我犧牲。」

「我沒有犧牲呀。」

「妳不是很想成名的嗎？」

「我已經成名了。」

「在巴黎成名是不同的。」

「即使在那邊開店，也不一定會成名，在香港不是已經很好嗎？」

他顯得很不開心。

「我並沒有犧牲些什麼，我不是說過討厭別離嗎？」我抱著他，幸福地把臉貼在他的脖子上。

「妳不是也說過不想做一隻簑衣蟲，一輩子離不開一件簑衣嗎？」

「如果你就是那件簑衣，我才不介意做一隻簑衣蟲。」

他輕撫我的頭髮說：「我不想妳有一天後悔為了我，而沒做一些事。」

「我不會。」我說。

九六年十二月裡一個晚上，我一個人在家裡，良湄來按門鈴。

「妳還沒睡嗎？」她問我。

「沒這麼早。」

「我和傅傳孝的事讓熊弼知道了。」

「是誰告訴他的？」

「有人碰見我們兩個。」

「那妳怎麼說？」

「當然是否認。」她理直氣壯地說。

「他相信嗎？」

「他好像是相信的。他是個拒絕長大的男人，他不會相信一些令自己傷心的事。」她苦笑。

「你跟傅傳孝到底怎樣？」

「大家對大家都沒要求、沒承諾，也沒妒忌，這樣就很好，不像妳和文治，愛得像檸檬。」

「什麼像檸檬？」我一頭霧水。

「一顆檸檬有百分之五的檸檬酸、百分之零點五的糖，十分的酸，一分的甜，不就像愛情嗎？我和傅傳孝是榴槤，喜歡吃的人，說它是極品，不喜歡的說它臭。」

「那熊弼又是哪一種水果？」我笑著問她。

「是橙。雖然沒個性，卻有安全感。」

「妳改行賣水果嗎？」

「妳說對了一半，我這陣子正忙著處理一宗葡萄訴訟案，正牌的葡萄商要控告賣冒牌葡萄的那個。」

良湄走了，我在想她說的「十分的酸，一分的甜」。文治回來時，我問他：

「如果愛情有十分，有幾多分是酸，幾多分是甜？良湄說是十分的酸，一分的甜，是嗎？」

「沒有那十分的酸，怎見得那一分的甜有多甜？」

原來，我們都不過在追求那一分的甜。

我們吃那麼多苦，只為嘗一分的甜。只有傻瓜才會這樣做。

第二天是週末，下午，良湄來我家裡一起布置聖誕樹。文治從電視臺打電話回來。

「良湄在嗎？」他很凝重地問我。

「她正巧在這裡，有什麼事？」

「熊弼出了事。」

「什麼事？」良湄問我。

熊弼在大學實驗室裡做實驗，隔壁實驗室有學生不小心打翻了一瓶有毒氣體，熊弼跑去叫學生們走避，他是最後一個離開的，結果吸入大量有毒氣體。他自行登上救護車時，還在微笑，送到醫院之後，不再醒來。醫生發現他肺部充滿了酸性氣體，無法救活。

良湄在醫院守候了三天三夜，熊弼沒機會睜開眼睛跟她說一句話就離開了。

我最後一次見熊弼，是在方維志公司喬遷的酒會上，他落落寡歡地站在一角。他幽幽地跟我說：「長大是很痛苦的。」現在他應該覺得快樂，他從此不再長大了。臨走的時候，他跟我說再見。他像小孩子那樣，輕輕地跟我揮手。別離，成了訣別。他永遠不知道，他愛的女人，一直背叛他。背叛，是多麼殘忍的事。

喪禮結束之後，我在良湄家裡一直陪伴著她。傅傳孝打過幾次電話來，她不肯接。她老是在客廳和廚房裡打轉。

「那個葡萄商送了幾盒溫室葡萄給我，妳要不要試試？」她問我。

我搖頭。

過了一會兒，她又問我：「妳要不要吃點什麼的？我想看著妳吃東西。」

我勉強在她面前吃了幾顆葡萄。

又過了一會兒，她老是走到廚房裡，不停地洗手。

「良湄，妳別再這樣。」我制止她。

「他臨走的前一天，我還向他撒謊。」她哀傷地說。

「妳並不知道他會發生意外。」我安慰她。

「他是不是不會再回來？」她淒然問我。

我不曉得怎樣回答她。

「我想跟他說一聲對不起。」

「聽說每個人在天上都有一顆星，他死了的話，屬於他的那顆星就會殞落。下一次，妳看到流星，就跟流星說對不起吧，他會聽到的。」

「如果可以再來一次，我不會這樣對他。」她含淚說。

為什麼我們總是不懂得珍惜眼前人？在未可預知的重逢裡，我們以為總會重逢，總會有緣再會，總以為有機會說一聲對不起，卻從沒想過每一次揮手道別，都可能是訣別，每一聲嘆息，都可能是人間最後的一聲嘆息。

我安頓良湄睡好，回到自己家裡。

「她怎麼了？」文治問我。

我一股腦兒撲進他懷裡。

「我們結婚好嗎？」我問他。

他怔怔地望著我。

「你肯娶我嗎？」我含淚問他。

他輕輕為我抹去臉上的淚水說：

「我怎麼捨得說不？」

「我們明天就去買戒指。」我幸福地說。

第二天，我們到「蒂芬妮」珠寶店買結婚戒指。

我選了一對白金戒指。

「這個好嗎？」我把戒指套在左手無名指上，問文治。

「妳喜歡吧。」他說。

「你也試試看。」我把戒指穿在他的無名指上。

「有我們的尺碼嗎？」我問售貨員。

「對不起，兩位的尺碼比較熱門，暫時沒有貨。」她說。

「什麼時候會有？」我問。

「如果現在訂貨，要三個月時間。」

「三個月這麼久？」我愣了一下，「不是空運過來的嗎？」

「不錯是空運，但戒指是有客人訂貨才開始鑄造的，全世界的『蒂芬妮』都集中在美國鑄造，所以要輪候。妳知道，很多女孩子只肯要『蒂芬妮』的結婚戒指。」

「真的要等三個月？」我問。

「兩位是不是已經定了婚期？」

「還沒有。」文治說。

「要不要到別處去？」我問文治，「三個月太久了。」

「妳喜歡這枚戒指嗎？」他問我。

我看著手上的戒指，真的捨不得除下來。我唸書時就渴望將來要擁有一枚「蒂芬妮」的結婚戒指。

「既然喜歡，就等三個月吧。」文治說。

「對呀，結婚戒指是戴一輩子的，反正兩位不是趕婚期。」那位售貨員說。

「妳替我們訂貨吧。」文治說。

「謝謝你，徐先生。戒指來到，該通知哪一位？」

「通知我吧。」我說。

那位售貨員開了一張收據給我們。

「戒指來到，可以刻字。」她說。

我珍之重之把單據藏在錢包裡。

三個月，太漫長了。我緊緊握著文治的手，走在熙來攘往的街上，三個月後，會一切如舊嗎？

「我們是不是應該到別處買戒指？」我再三問他。

「妳擔心什麼？」他笑著問我。

「我想快點嫁給你。」

「都那麼多年了，三個月就不能等嗎？」他笑我。

我們不也曾三番四次給時間播弄嗎？卻再一次將愛情交給時間。

第二天回到辦公室，我把未來三個月要到外地的活動全都取消。我要留在文治身邊。

一天，他喜孜孜地告訴我，他和一個朋友正在做一宗把推土機賣到國內的生意。

「國內修築公路，需要大量的推土機，但是省政府沒有足夠的錢買新的機器，馬來西亞的瑞士製舊推土機，經過翻新之後，性能仍然很好，達到新機的七成水準，價錢卻只是新機的三成。我們就把這些推土機賣給公路局，一來可以幫助國家建設，二來可以賺錢，利潤很不錯。」他躊躇滿志地告訴我他的大計。

「你那個朋友是什麼人？」

「他是做中國貿易的，是我中學的同學，我們偶然在街上碰到，他跟我提起這件事，他原來的夥伴因為不夠錢而退出，但是馬來西亞那邊已談好了，現在就要付錢。」

「他為什麼要找你合作？」

「他的資金不夠，我們要先付錢買下那批翻新了的推土機，所以他要找人合作。我是記者，又曾經到國內採訪，他覺得我可靠，我們過兩天就會上去跟公路局的人見面。」

「你這個同學靠得住嗎？」

「我們中學時很談得來的，你以為我會被人騙倒嗎？」

「當然不會，但你畢竟很多年沒見過他——」

「我和他一起去見公路局的人，還有假的嗎？」

「你為什麼忽然會有做生意的念頭？你從前不是不喜歡做生意的嗎？」

「這是很有意義的生意。」他拍拍我的頭說，「放心吧。」

「要投資多少？」

「不需要很多。」他輕鬆地說，我看得出他投資了很多，為了不想我擔心，故意裝著很輕鬆。

我總是覺得他過分樂觀。他這個人太善良了，根本不適合做生意。

良湄日漸復元過來，為免刺激她，我和文治決定暫時不把結婚的事告訴她，況且我們本沒打算大肆慶祝。

那天，她心情比較好，我陪她到中環那間印度餐廳吃午飯。

「你還有見傅傳孝嗎？」我問她。

「偶然也有見面，別誤會，我們現在是朋友，不是以前那一種，事實上，也不可能像以前那樣。我一直以為熊弼是個拒絕長大的男人，實際上，他是個勇敢的人，他在那個關頭，仍然願意最後一個離開。我怎麼可能愛上其他人呢？最好的那個就在我身邊。」

「我們總是過後才知道。」我說。

飯後，女服務生送來一盤幸福餅。

「妳要一塊吧，我不敢要。」良湄說。

我拿起一塊幸福餅，剝成兩瓣，取出籤語。

「寫些什麼？」良湄問我。

籤語上寫的是：

離別與重逢，是人生不停上演的戲，習慣了，也就不再悲愴。

「離別了，不一定會重逢。」良湄說。

我要跟誰離別，又跟誰重逢？

跟良湄分手之後，我到超級市場買酒，還有二十天就是三個月了，我要買一瓶酒留待拿結婚戒指的那天跟文治一起慶祝。

在那裡，我見到楊弘念，我們離別了又重逢，原來籤語上說的，就是他。許多年不見了，他滄桑了很多。這幾年來，他也在洛杉磯和加拿大那邊發展。

「你什麼時候回來的？」我首先開口。

他手上捧著幾瓶白酒，說：「回來一個多月了。」

「哦。什麼時候改變口味的？那邊有『天國蜜桃』。」

「我現在什麼都喜歡嘗試，近來愛上這個。」

「是這樣——」

「聽說妳要結婚。」

「你怎麼知道？」我驚訝。

「有人看到妳去買結婚戒指。妳忘了妳現在是名女人嗎？年輕、漂亮，是時裝界的神話，很多人認得妳。」

「是的，我快要結婚了。」

「是不是嫁給那個新聞播報員？」

我點頭，問他：「你近來好嗎？」

「怎可能跟妳比較，妳是如日中天。」

「沒有你，也沒有我。」我由衷地說。

「只有人記得周蜻蜓，怎會有人記得她是楊弘念的徒弟？」他笑得很苦澀。

「你教了我很多東西。」

「妳很幸運，我真嫉妒妳。」

「我很努力，你不是說過我會很好的嗎？」

「我沒想到妳可以去到這個境界。」他眼裡充滿了嫉恨。

我從沒想過他會妒忌我，妒忌得如此苦澀。他從前的高傲，彷彿一去不回。

我曾經以為，他深深地愛著我，難道那一切都是假的嗎？抑或，他對我的愛，從來也是出於妒意，因為想占有，因為想控制，所以自己首先失控。那個紅玫瑰和夜鶯的故事，不過是一個他自我催眠的故事。

「再見。」他說。

「再見。」我跟他說。

我不想再見到他。

那天晚上，我幸福地睡在文治身邊，緊握著他的手，那樣我覺得很安全。文治卻在床上輾轉反側。

「有什麼事嗎？」我問他。

「沒事。」他說。

「是不是那批推土機出了什麼問題？」

「那批機器沒問題。」他說。

接著那幾天，他總是愁眉深鎖。

那天晚上，良湄走來找我。

「文治不在嗎？」她問。

「還沒有回來，我剛好想找人陪我吃飯，妳有空嗎？」

「我有件事要告訴妳——」她凝重地說，「關於文治的。」

「什麼事？」

「外面有人說他賣一些不能用的推土機到國內，欺騙省政府的金錢。」

「誰說的？」

「是電視臺新聞部的人傳出來的。有記者上去採訪別的新聞，公路局的幹部告訴他，文治跟他的朋友把一些只有兩成功能，完全不合規格的推土機賣給他們，那個幹部認得文治是香港記者。聽說他們已經扣起打算用來買推土機的錢。」

到了晚上，文治回來。我問他：

「推土機的生意是不是出了問題？」

「妳聽誰說的？」

「無論外面的人怎樣說，我只會相信你。」

「那就不要問。」

「但是我關心你，外面有些傳言——」

「是嗎？妳已經聽到了。」

「我不相信你會欺騙別人。」

他突然慘笑：「是我被人欺騙了！怎麼樣？那些馬來西亞的推土機根本不能用，他騙我說有原來的七成性能。明明已經用了五年，他騙我說只用了兩年。」

「現在怎麼辦？」

「同行都知道我賣沒用的推土機欺騙同胞——」他沮喪地坐在椅子上。

「你應該澄清一下。」

「有什麼好澄清的？」他傷心地說，「我根本就是個笨蛋，我竟然笨到相信一個十多年沒見的人，什麼賣推土機幫助國家，我連這種騙術都看不出來！」

「那是因為你太相信朋友。」我安慰他。

「不，那是因為我貪心！我想賺大錢。我想放手一搏，不想一輩子待在電視臺裡！我不想別人說我女朋友的名氣比我大，賺錢比我多！我害怕失去妳。我是不是很幼稚？」他哽咽。

我走上前去，抱著他：「你為什麼會這樣想？我們都快結婚了。」

「這是現實。」他含淚說。

我替他抹去眼角的淚水：「我們做的根本是兩種不同的工作，我從來沒有這樣想。你知道我多麼害怕失去你嗎？」

我輕輕撫摸他的臉、眼睛、鼻子和嘴唇，「我喜歡這樣撫摸你，永遠也不會厭倦。」

他緊緊地抱著我，我坐在他大腿上，輕輕用鼻子去揉他的脖子。罪魁禍首也許不是那個賣推土機的騙子，而是我。他本來是個出色而自信的人，因為愛我，卻毀了自己。我的眼淚不由自主地滴在他的肩膀上。

「對不起，我不能夠跟妳結婚。」他說。

「為什麼？」我愣住。

「我們所走的路根本不一樣——」他難過地說。

「不會的。」我抱著他不肯放手。

「妳還記得幸福餅裡的籤語嗎？是的，年少時候的夢想和憧憬，我已經忘了，我現在是個俗不可耐，充滿自卑的男人。」

「不，你不是。」

他拉開我的手，站起來說：

「別這樣。」

「我愛你。」我不肯放手。

「我也愛妳。」

「那為什麼要分開？」我哭著問他。

「因為用十分的酸來換一分的甜是不能天長地久的。」

「我不明白。」

「妳明白的，只是妳不肯接受。沒有了我，妳會更精采、更成功。」

「沒有了你，成功有什麼意思？我不要成功！我們可以像從前一樣，我們以前不是很開心的嗎？」我哀哀地說。

「人也許能夠飛向未來，卻不可能回到過去。妳忘記了那句籤語嗎？幸福餅的籤語是很靈驗的。」他淒然說。

「我們那麼艱苦才能夠走在一起，不可能分開的，我不甘心！」

「對不起。」

他收拾東西離開，臨行前，深深地吻了我一下，說：「祝妳永遠不要悲傷。」

他走了，真的不再回來。

那年我在倫敦買給他的花仙子銀相框，依然放在案頭上。上面鑲著一張我的照片、一張他的照片，還有那張我們兒時在公園裡偶爾相遇的照片。

葉散的時候，你明白歡聚。

花謝的時候，你明白青春。

九七年三月，我們分手了。

十多天後，「蒂芬妮」珠寶店通知我，我們要的那一對結婚戒指已經送來了，隨時可以去拿。

我獨個兒去領回戒指。

「要刻字嗎？」女售貨員問我。

「不用了。」

難道我不知道這戒指是為誰而買的嗎？

我早就說過，三個月太久。

我把兩枚戒指都戴在身上，我自己的那一枚，套在左手無名指上，他的那一枚，我用一條項鍊掛在脖子上。

我沒有找他。他曾給我最好的愛，也因此，我不敢再要他為我而毀了自己。

他申請長駐北京工作，我只能偶爾在新聞裡看到他。

不合理的聯繫匯率維持了十四年，依然沒有改變，我們的愛情，卻已經變了。

他不在，我孤身走遍世界，為了那所謂的成名奮鬥。

九七年五月，暮色蒼茫的夏天，我從紐約回來，跟良湄在中環那間印度餐廳吃飯。

「他步上救護車的時候還在微笑，下一刻卻不再醒來，他這樣突然地離開，我怎可以忘記他？十年後，二十年後，也不可能。我只能忘記他所有的缺點。」

我失笑。

「妳笑什麼？」她問我。

「令愛永恆的，竟是別離。」我說。

「是的，唯一可以戰勝光陰的，就是回憶。」

末了，女服務生送來一盤幸福餅。

「隨便拿一塊，看看你的運程。」服務生殷勤地說。

「我不敢要，妳要吧。」良湄說。

我隨手拿了一塊幸福餅，取出裡面的籤語紙。紙上寫著：

人生便是從分離那一刻萌生希望。

六月份在香港的個人時裝展上，我用數千顆玻璃珠做了一件晚裝，穿在模特兒身上，成為該天的焦點。在璀璨燈光下的玻璃珠，像一顆顆晶瑩的眼淚，這是一襲離別的衣裳。

九七年六月三十日晚上，一個新的時代降臨，整天下著滂沱大雨，是我們相識的那場雨，我穿著那件檸檬黃色的雨衣，一個人走在時代廣場外面。偌大的電視螢幕上，播出了離別之歌。

「離別本來就是人類共通的無奈。」我聽到文治的聲音說。

驀然回首，他在電視螢幕上，人在北京。

他依然是那麼沉實而敦厚，使人義無反顧地相信。

如果可以從頭來過，我依然願意用十分的酸來換那一分的甜。

只是，人能夠飛向未來，卻不能回到過去。

離別了我，他也許活得更好。我們努力活得燦爛，期望對方會知道。在未可預知的重逢裡，我們為那一刻做好準備。

「記者徐文治在北京的報導。」他殷殷地說。

「祝妳永遠不要悲傷。」我彷彿聽到他這樣說。三月裡的幸福餅，我們一起吃的第一塊幸福餅，不是這樣說的嗎？

電視畫面消去，我想留也留不住。

廣場上只有我，孤零零一個人，看著國旗升降，他曾送給我十二顆藏著國旗的玻璃珠，祝願我成功。如果成功的代價是失去了他，我不願成功。

雨愈下愈大，我不捨得跟螢幕告別，然而，愛，是美在無法擁有。

走著的時候，脖子上的結婚戒指叮叮作響。誰又可以控制明天的雨？

離開廣場，我一個人，走到那家印度餐廳，等待那一盤幸福餅。

「隨便抽一塊，占卜你的運程。」女服務生微笑說。

我拿起一塊幸福餅，只是，這一次，我不敢再看裡面的籤語。

國家圖書館出版品預行編目資料

三月裡的幸福餅／張小嫻著.--二版.--臺北市：
皇冠. 2016.03 面；公分（皇冠叢書；第4532種）
(張小嫻愛情王國；13)

ISBN◎978-957-33-3218-3（平裝）

857.7　　105002773

皇冠叢書第4532種
張小嫻愛情王國 13

三月裡的幸福餅

作　　者—張小嫻
發 行 人—平雲
出版發行—皇冠文化出版有限公司
台北市敦化北路120巷50號
電話◎02-27168888
郵撥帳號◎15261516號
皇冠出版社(香港)有限公司
香港上環文咸東街50號寶恒商業中心
23樓2301-3室
電話◎2529-1778　傳真◎2527-0904
總 編 輯—龔橞甄
責任主編—許婷婷
責任編輯—陳怡蓁
美術設計—程郁婷
著作完成日期—1997年7月
二版一刷日期—2016年3月
法律顧問—王惠光律師

讀者服務傳真專線◎02-27150507
電腦編號◎537013
ISBN◎978-957-33-3218-3
Printed in Taiwan
本書定價◎新台幣240元/港幣80元